— 書き下ろし長編官能小説 —

淫らお姐さんの誘い

美野 晶

竹書房ラブロマン文庫

目次

この作品は、竹書房ラブロマン文庫のために
書き下ろされたものです。

第一章　女帝の股間面接

浄水器《じょうすいき》を販売する会社に勤める大原悠人《おおはらゆうと》にとって、朝の時間は最高に憂鬱《ゆううつ》だ。

「大原あ、お前昨日もゼロか。これで何日連続だあ」

支社でもなくここが本社の販売会社であるU商事は社長を加えても総勢十人前後、前後というのは人の出入りが激しいせいだ。

商品である浄水器は自社製品ではなく、大手メーカー製の物を売ってマージンを得ている会社だ。なので販売ノルマが厳しく、辞める者があとをたたないのだ。

「は……はい……すいません」

それでもこのご時世、即正社員登用だという面と、一台売れば社員本人にもそこそこのバックマージンがあるという条件につられて、どんどん新しい人間が入ってくる。

その分、同じオフィス内にいる社長や部長のパワハラじみた指導も容赦がない。

ここに入って約三ヶ月、まだ一台しか売っていない悠人は格好のターゲットだ。

「お前、ほんとうにやる気あるの。結果を出せない人はうちいらないよ」

巻き舌で怒鳴るガラの悪い社長、若くてネチネチしたタイプの部長の二段構えで、気をつけをして頭を下げる悠人を吊しあげている。

「わかってます、がんばります」

「その声ががんばる奴のセリフかあ、やる気あんのかあ、ええぇ」

社長の星田《ほしだ》は四十代、恰幅《かっぷく》もよく顔もいかつい。その男が机をバンバン叩きながら威圧してくる。

「す、すいません、はい……がんばります」

ここは嘘でも大きな声を出さなければならないところだろうが、悠人はどうにも気が弱いため星田のドスの利いた声にビビって身体がすくんでいた。

今年で二十五歳になる悠人だが、人生ずっと他人に舐《な》められてきた。人間だけでなく動物園に行ったら猿や鳥にまで威嚇《いかく》されるくらいだ。

「お前俺を舐めてるのかあ、ああっ」

そんな態度をとればパワハラ社長がキレるのも当たり前で、机が壊れるかと思うくらいに叩きまくっている。

悠人はさらに怖くなって下を向くばかりだ。他の社員たちは悠人が捕まっている間にとどんどん外回りに出て行く。

　ほとんど社員同士の交流もない。長くいる人間はそれなりに売りあげているのだろうが、はっきりとは知らなかった。

「大原お前さ、もう自分の身の振りかた考える？」

　社長の横にデスクがある部長の行永《ゆきなが》がわざわざ立ちあがって、うつむく悠人のそばに来て囁いてきた。

　そうこのU商事はいわゆるブラック企業だ。社員を追いつめて売りあげをあげさせ、それでもついてこられない者は容赦なく切り捨てる。

　悠人も辞めることを何度も考えたが、いままで、転職経験は三回あるが、すべて気の弱さが災いしてクビ同然に退職していたので、なんとか一人前の社会人になりたいと耐えていた。

「はい……すいません、なんとかがんばります」

　ブラックとはいえこの会社はまだはっきりとしている。売りあげさえあげれば正義なのだ。

　実際にちらっと聞いたが、成績上位の社員はインセンティブでけっこうなお給料もあるらしい。

ここを退職したからといって同じことの繰り返しになるような気がして、悠人は辞めますと言い出せなかった。

「がんばるねえ……口ではなんとでも言えるよね。入ってから家庭用が一台だけ、業務用じゃないと利益になんないっていうのも知ってるよねえ」

部長の行永はほんとうに粘着質な男で、社長と違って怒鳴ったりはしないがとにかくしつこい。毎朝三十分はこれをやられるのだ。

「もちろんです」

U商事で扱《あつか》っている浄水器は大手メーカーのもので家庭用と業務用のものがあるのだが、業務用には保守契約というものがあり、消耗品や修理を含《ふく》めて月々いくらの契約を結ぶのだ。

それもメーカーに行くのだが、その保守料の一部がメーカーから会社に還元される。機械の寿命がくるまで数年は続くので、積み重なったらかなりの売りあげとなる。逆に家庭用は機械の代金だけなので会社としての旨みは少ないのだ。

「じゃあ業務用を売ってこようよ。君の基本給払っているだけでもうち赤字だよ」

ねちっこく囁く行永だが嘘を言っているわけではない。生活するのがやっとくらいの基本給だけだが、売りあげがない悠人に払い続ければその分会社はマイナスだ。

『は……はい……』

もうまともに声も張れずに悠人は下を向いてスーツのジャケットの裾を掴《つか》んだ。

すいません辞めます。その一言《ひとこと》を社長と部長は待っているのだ。

「埒《らち》があかないな。そうだ行永、こいつをあの女親分のところに営業に行かそう」

怒り続けて額に血管まで浮かんできている社長が突然、思いついたように言った。

女親分という言葉、そして急に笑顔になった社長、もう嫌な予感しかしない。

「なるほどそれはいいですね。根性のある大原くんにはうってつけの仕事だ」

こちらも急に笑顔になって行永は悠人の肩を叩いてきた。


「ここのビルの最上階が事務所だ。逃げたりするなよ、見てるからな」

U商事はS市という郊外の街にあるのだが、そこの一番の繁華街、夜はネオンきらめく歓楽街となる通りで行永は車を停めた。

彼が見あげている先には五階建てくらいの雑居ビルがある。一階は居酒屋のようだがお昼過ぎのいまはまだ閉店していた。

「なに黙ってんだよ、返事はどうした」

普段営業マンは電車や歩きで外回りに行くのだが、今日はなぜか行永自ら社用車を運転しビルの前まで連れてきてくれた。

もちろんサービスのためではない。悠人が逃げないように見張るのが目的だ。

「は、はい……」

助手席に座る悠人は頷《うなず》いたものの、手が震えてシートベルトが外せなかった。

その理由はここにくる道すがら、行永から女親分について聞かされてきたからだ。

「機嫌損ねたら怖いぞー」

女親分の名前は摩夜《まや》といい、本名は不明だそうだ。年齢不詳の美女で、このS市で数十もの飲食店を経営しているらしい。

いわゆる反社会勢力の人間ではないらしいが、かなりの力を持っていて過去には暴力団と揉《も》めても一歩も引かなかった伝説があるという。

人呼んでS市の女帝。そんな女のところに、いまから飛び込みで営業に行かなければならないのだ。

「まあやめとくならいまのうちかもな。前に元ホストの奴が僕がたらし込んで契約取ってきます、なんて意気込んで行って丸坊主にされてきたことがあったな」

いかにもな感じで行永は言った。そんな恐ろしい場所に一人で向かえというのだ。

「ひ、ひいい」

さらに手が震えてシートベルトのロックが外せない。自分なんかが言ったらボコボコにされて叩き出されるのがおちだ。

喧嘩もろくにしたことがない悠人は、恐怖に震えあがるばかりだった。

「しっかりしろよ、ああ、今日は直帰していいからね、くくく」

サディストの気質があるのか行永は怯《おび》える悠人を見て楽しげに笑っている。

ひどい目にあって悠人の心が折れたら、もう会社には来ないだろうと思っているのだろうか。

「さあ、行けよ、逃げるなよ」

わざわざ運転席から手を伸ばして悠人のシートベルトを外した行永は、助手席のドアも開いて悠人を追い出した。

雑居ビルは奥にエレベーターがあったが、誰かと一緒になるのが怖くて悠人は階段をあがっていった。

各階にバーやスナックらしきお店がある。これもすべて摩夜という女性が経営しているのだろうか。

最上階の五階まであがると、そこには大きな木のドアだけがあり、店舗の看板などはなかった。

「す、すいません」

そのドアをノックして声をかけてみた。

「はーい、誰。開けていいよ」

ドアの向こうから女の声がした。恐る恐るドアを開くと中は意外にも普通のオフィスになっていて、デスクや応接用のソファーがあった。

「なにあんた、誰？」

オフィスには数人の女性がいた。その中で一番長身の女性が立ちあがって、ドアを開けて立つ悠人のほうに歩み寄ってきた。

（ひ、ひぃぃぃぃ）

白のブラウスに黒のパンツ姿の女性は二十代といった感じだから、S市の女帝と言われる摩夜とは違うようだ。

ただ全体的に筋肉質でとくに肩周りの盛りあがりがすごい。顔のほうは鼻が高めで瞳も大きな可愛らしい顔立ちだが、首回りも男顔負けで身体とのギャップに強い威圧感がある。

ブラウスの腕の生地がはち切れそうなこの女性にかかれば、悠人などひとひねりに思えた。

「あ、あのわたくし……U商事の大原と言いまして、今日は飲食店などでご利用頂いております浄水器をお勧めに参りました」

ただもう逃げたりしたらよけいに怪しまれて捕まりそうなので、悠人は一瞬でカラカラになった喉《のど》から声を絞り出した。

「あっ、お前、ここがどこだかわかってんの。押し売りとはいい度胸してんじゃん」

悠人が怪しげな商品を売りにきたと思ったのか、女性の警戒レベルは一気にあがったようだ。

「い、いえ、浄水器は、あのちゃんとしたメーカー製で、我々は代理店というか」

可愛いと思った顔を歪《ゆが》めて凄みながら距離を詰めてきた女性に、悠人は腰を引き気味にして後ずさりする。

昔、いじめっ子に股間を蹴りあげられた経験からか、恐怖を感じると無意識にこんなポーズを取っていた。

「そんなのどうでもいいよ。さっさと消えな。うちはそういうのお断りだから」

「は、はいいい」

まだ無事に帰らせてくれるというだけでもありがたい。もうクビになってもいい、恐怖に震えながら悠人は入って来たドアのほうを振り返った。

「いいじゃないか、入ってもらいな、早貴《さき》」

ドアノブに手をかけようとしたとき、背後から低めの女性の声が聞こえた。

思わず背後を振り返ると、早貴と呼ばれた大柄の女性や、他にオフィスにいた女性たちは皆、部屋の一番奥にあるドアを見つめていた。

「だってさ、入りな」

早貴はそのドアを親指で示しながら、変わらずドスの利いた調子で言った。

「い、いえ、もう失礼します」

あのドアの向こうは部屋になっているのだろうか。もういやな予感しかしない。

悠人は慌てて出口のほうのドアを開けようとした。

「社長が会うって言ってるんだ。いいから来い」

早貴はぶっきらぼうな感じで、背中を向けていた悠人の首根っこを摑んで強引に引っ張っていく。

「ひいいいい」

とても女性とは思えない強い力で、悠人はそのまま引きずり込まれた。

奥のドアの向こうはまた雰囲気がまったく違っていた。窓はあるのだろうが厚めのカーテンが閉められ、間接照明に照らされた部屋は壁紙もブラウンで、中世が舞台の映画の地下室のような雰囲気だ。

そこのど真ん中に置かれた濃いグリーンのソファーに、黒のロングスカートのドレスのような服を着た熟女《じゅくじょ》が座っていた。

「へえ、浄水器ねえ、確かに一店舗に一台はあるけどさ」

ソファーにふんぞり返るように座った女は摩夜と名乗った。悠人は名刺を渡したがろくに見もせずに、自分は名刺なんか使わないと言い放った。

カールのかかった黒髪のロングヘアーに高い鼻。唇が厚めの美熟女だ。ただその切れ長の瞳はやけに鋭く、さっきの早貴という女以上に迫力があった。

(この人がたぶん……)

S市の女帝と言われる人だと悠人は確信をもっていた。部長の行永も本人にあったことはないと言っていたが、こんな人間は二人もいないように思えた。

「U商事ねえ、けっこう評判が悪い会社だよ、あんたたち」

ソファーの前のテーブルに置いたままの悠人の名刺を再度見て、摩夜はつぶやいた。別に大声を出しているわけでもないのに悠人はビクッとなる。悠人はずっと立ったまま、怖くてあまり摩夜のほうが見られなかった。

「どうした。営業に来たんだろ、あんた」

「は、はい。製品はちゃんとメーカーが作った物ですので、はい大丈夫です」

なにか言えとプレッシャーをかけられて、悠人は慌ててそう言った。

「機械のメーカーのことは知ってるさ。あんたたちの会社がブラックだっていう話が入ってきてるってことだよ」

特徴的なしゃべりかたの摩夜は少し呆《あき》れたように悠人を見て言った。

S市の女帝と言われている摩夜のところには、そんな情報まで入ってきているようだ。

「は、はい……まあ……それは」

確かにブラックであるのは事実だし、今日も悠人は辞めさせられるために、ここに送り込まれたようなものだ。

ビビりっぱなしの悠人は、ついごまかしもせずに答えてしまった。

「ふん、自分の会社がブラックって言われて、はいそうですっていう営業マンがどこにいるんだよ」

悠人の態度に摩夜は少し苛立《いらだ》ったような様子を見せた。それだけでもうちびりそうになった。

「あんたたち営業マンなんか、ただの使い捨てにされるのにご苦労なこった。まあいいや、いいよ、何店舗かそろそろ交換時期だから入れてあげようか？」

ソファーに座り直した摩夜はあらためて悠人を見つめて言った。

「え、ほんとうですか？」

まさか買ってもらえると思っていなかった悠人は驚いて目を丸くした。

もしかして無料にしろとか脅されるのだろうか。

「ただしあんたが男を見せたらね」

「えっ」

意味ありげな笑みを浮かべた摩夜を、悠人はさらに目を見開き口までぽかんと開いて見つめた。

「早貴さん、社長どうしたんですかね。あんな営業マンと会うなんて」

飛び込み営業に来た気の弱そうな若者を、摩夜が自分の部屋に招き入れたことに、事務担当の女性が驚いている。

「ああ、例の気まぐれだろ」

肩までの髪を結んでいる頭をかきながら、早貴は面倒くさそうに答えた。

このS市で数十もの飲食店やショップを経営して繁盛させている摩夜は、夜の街では女帝と言われる存在だ。

なんとか摩夜に取り入ろうと、いろいろな立場の人間が連絡《れんらく》をよこしてくるが、気が向かなければ絶対に会わない。

それでもなんとかしようとここに乗り込んでくる相手を丁重にお帰り頂くのが、十代のころから男相手の喧嘩で勝ちまくり、東京では女子格闘技の選手としてならした早貴の役目でもあった。

「いまごろおちょくられてるんだろ、情けなさそうな奴だったし」

早貴が半笑いで言うと事務担当の女性がそうですねと笑った。以前に同じようにやって来た営業マンが泣きながらフルチンで飛び出してきたこともあった。

なにをしたのかまでは聞かなかったが、どうせ摩夜にからかわれたのだろう。

「まあ、社長のことだからほどほどにはしとくだろ」

女帝と言われるだけあって摩夜は下の者の面倒見もいいし、とくに女性スタッフを大事にするから皆、彼女を慕《した》ってついていっている。

それがいつの間にかS市で大きな力を持つようになった。ただたまにこういう、いたずら心を起こすこともある。

「そうですね、あはは」

いまごろチンチンでも出させられているのかなと、女しかいないオフィスは笑いに包まれた。


「えーと、ぬ、脱ぎましたが、あの」

根性を見せろと言った摩夜が要求してきたのは、パンツまで脱いで全裸になれと言うことだった。

人前で裸になる趣味はないが、気弱な悠人は当然ながら拒否など出来ず、もそもそと服を脱いで裸になった。

「なに隠してるんだい、こっちに来て見せてみな」

前屈みになって股間を両手で隠している悠人に摩夜はにやつきながら言った。

「は、はい」

からかわれているのだというのはわかってきているが、ここで逃げたりしても外の大柄な女に連れ戻されるように思う。

ここはもう摩夜に納得してもらうしかないと、悠人はソファーにふんぞり返っている摩夜の目の前まで行って、両手をあげた。

「はお、なかなかのモノ持ってるじゃないか」

彼女は座っているので、立っている悠人の股間がちょうど目線の高さにある。

そこにぶら下がるだらりとした肉棒を見て、摩夜の表情がわずかに変化した。

「すいません」

悠人の肉棒は人の倍近くはあり、修学旅行のときなども皆の注目の的だった。

女性経験もそれなりにはあるが、元彼女たちはみんな処女ではなかったのに、最初にこれを見たときは唖然《あぜん》としていたくらいのサイズだ。

女帝と呼ばれている摩夜はさすがというか、わずかに頬《ほお》が引《ひ》き攣《つ》った程度だ。

「謝ることはないさ、大きいのはいいことだ。でもせっかくのモノも勃《た》たないと意味がないねえ、勃たせてみな」

すぐに笑顔に戻った摩夜は指先で、今はだらりと下を向いている亀頭を弾《はじ》いてきた。

「うっ、えっ、ここですか？」

「そうだよ、そのくらいの根性を見せたら浄水器の二台や三台買ってやろうじゃないの、ふふふ」

敏感な先端を弾かれて腰を引く悠人に、摩夜はまた妖しげな笑みを見せた。

「ええっ」

自分だけ裸で、しかも女帝とまで呼ばれている人間の鋭い眼光を向けられて勃起《ぼっき》出来る男がいるのだろうか。

股間のほうを見ても肉棒はピクリとも反応していない。まだ縮こまって小さくなっていないだけましなくらいだ。

（せめて相手も裸なら……）

摩夜がもし裸だったらと悠人はへんな想像してしまった。そんなことを考えてしまうくらいに、怖いのを除けば摩夜はセクシーな美熟女だ。

色白の肌に、まつげが長い切れ長の瞳。唇は厚めで妖艶《ようえん》な色香をまき散らしていた。

（身体のほうも……）

わずかだが心も落ち着いてきて、悠人は黒いドレスの摩夜の身体を見つめた。

身体にフィットしたデザインで、ソファーに乗せているお尻の豊満さは充分に伝わってくる。

さらには胸元も大きく開いていて、近距離で彼女を見下ろす位置に立っているので、白く豊満な乳房の谷間が見えていた。

「おっ、勃《た》ってきたじゃないか、ははは、やるね」

ムチムチと熟した肉体に悠人の愚息は反応し、カリ首が少し上を向き始めていた。

もともと悠人は肉棒の大きさだけでなく精力も強いほうで、毎日二回はオナニーをして眠るくらいだ。

この緊張感のある状況でなければすでに完全勃起していたかもしれなかった。

「でもまだ半勃ちってところかね。もう少しだよ、がんばりな」

完全に悠人をおちょくっている摩夜はケラケラと笑い出した。なんとかがんばろうとする若い男をからかうのが楽しくて仕方がないようだ。

「せめておっぱいを見せてくれたら……」

どうして自分でもこんな言葉をつぶやいたのかわからない。言おうとしたのではなく勝手に口から漏《も》れていた。

あまりにセクシーな摩夜のバストを見たいと本音が出たのか、それともからかわれていることへの怒りがあったのか。言った本人である悠人が唖然となった。

「いい度胸してるじゃないか。いいよ」

ごく小さな声だったが、肉棒の目の前にいた摩夜にはしっかり聞こえていたようだ。

彼女は急に目を鋭くするともう一度悠人の肉棒を指で弾き、ソファーから立ちあがった。

「私にこんなことやらせて勃起しなかったら、わかってるだろうね」

恐ろしいことを口にしながら悠人と向かい合って立った摩夜は、ドレスの背中に手を回した。

黒いドレスがすぐに足元に落ちて、黒のブラジャーとパンティだけの白く豊満な肉体が現れた。

「ひえええ」

脅し文句に震えあがっている悠人だが、その目は摩夜の身体から離せなかった。

年齢はわからないが、しっとりとした白肌には艶《つや》があり、とくにむっちりとした太《ふと》腿《もも》や腰のラインがたまらない。

そして乳房のほうも見事なくらいに盛りあがっている。その巨乳を包んでいるブラのカップが下に落ちた。

（お、おお、大きい）

黒いブラジャーをソファーに投げ捨てた摩夜は堂々と胸を張って悠人を見ている。

その肉房の迫力は凄まじく、息をするだけでユラユラと弾《はず》んでいた。

「Ｉカップだよ。さあどうだい、その立派な息子は」

かなりのボリュームがあるというのに乳房は美しい丸みを保っていて、下乳の部分に張りを感じさせる。

乳輪部もやや大きめではあるが色素が薄く、美しく熟した美巨乳だ。

「す、すごいです……」

また言葉が漏れ出てしまうくらいに、悠人は摩夜の巨乳に圧倒された。それに加えてお腹周りにもほどよく肉が乗り、熟女独特の緩《ゆる》やかなウエストラインになんともそそられる。

「ううっ」

あまりに淫靡《いんび》な摩夜の肉体に悠人は自分の立場も忘れて興奮しきっていた。

もちろん股間の愚息はもっと我を忘れ、天を突いて勃起していた。

「おおっ、すごいじゃないか」

完全に勃起した悠人の逸物《いちもつ》は亀頭がへそを隠すくらいにまで巨大化し、天を猛々《たけだけ》しく突いていた。

亀頭のエラも隆々と張り出している。その見事な威容にさすがの摩夜も目を丸くしていた。

「す、すいません。社長さんのおっぱいがあまりにすごくて」

自分でも呼吸が速くなっているのがわかる。ついさっきまで逃げ出すことを考えていたというのに、悠人は摩夜の肉体に魅入《みい》られていた。

「ふふ、嬉しいこと言ってくれるじゃないか。久しぶりだよ男にそんなことを言われたのは」

こちらは変わらず女王のような態度の摩夜は、手のひらで悠人の頬をそっと撫でてきた。

手の肌の感触もしっとりとしていて、それだけで悠人はさらに興奮して肉棒を脈打たせた。

「まあここまでさせたんだから、こっちも責任とらなきゃね」

悠人の目を見つめて摩夜は少し笑ってから身体を沈めていく。表情はずっと変わらないがその瞳は少し妖しく潤《うる》んでいるように思えた。

「じゃあ……えっ、なにを」

機械を買ってくれるのかと思ったとき、彼女が自分の足元に膝をついた。慌てて下を向くと美しい指を肉棒に絡《から》めている。

「勃起させた責任さ。んんん、んく」

摩夜は悠人の巨根を手で握って自分のほうに向けると、亀頭部をゆっくりと唇で包み込んできた。

ねっとりと舌を絡ませながら、強く甘く吸ってくる。

「うう、社長さん、くううう」

その巧みな舌使いに悠人はすぐに腰を震わせ、こもった声をあげた。

快感に肉棒が痺《しび》れきり、荒い息が口から漏れた。

「摩夜でいいよ。社長なんて無粋《ぶすい》な呼び方嫌いだね、んんんん」

一度肉棒を口から出して不満そうに言ったあと、摩夜は再び肉棒を口内の奥深くにまで飲み込んでいく。

そしてこんどは頭を大きく使って本格的にしゃぶり始めた。

「あううう、摩夜さん、くううう」

文句を言った摩夜の顔は少し怖かったが、そんなものはどうでもよくなるくらいにフェラチオの快感がすごい。

熟した女の舌が亀頭のエラや裏筋を擦《こす》り、頬の裏の粘膜まで絡みつく。

「んんん、んんん、んんく、んんんん」

さらには竿を手でしごきながら摩夜は激しい奉仕を繰り返す。もう黒いパンティ一枚の身体も前後に動かしている。

(なんてエッチなんだ……)

肉感的な身体の上体に、Ｉカップだという巨乳がブルブルと弾んでいる。

さらに首を伸ばして彼女の背中を見れば染みなどひとつもない艶《つや》やかな肌と、その下にパンティが食い込んだ熟れた桃尻があった。

「ううう、すごいです、うううううう」

肉棒からの快感だけでなく摩夜の肉体の妖美さにも心を燃やしながら、悠人は無意識に腰をくねらせていた。

「んんんん、ぷはっ、なかなかイカないじゃないか。私の舐めかたじゃ不満かい」

激しくしゃぶり続けていた摩夜だったが、一度口内から吐き出して下から睨みつけてきた。

ただ唾液《だえき》に濡れた厚めの唇がなんともセクシーで、悠人はまた興奮を深めた。

「気持ちよすぎて、すぐにイッたら申し訳ない気がして……すいません」

これは本音で肉棒が蕩《とろ》けるような快感に悠人は浸《ひた》りきり、射精をするのがもったいないような気持ちになっていたのだ。

「しょうがない奴だね、ふふふ、まあいいよ。するかい最後まで」

摩夜は少し笑ってから立ちあがり、再びソファーに座った。そして片脚を乗せて開脚し、黒パンティの股間を見せつけるようなポーズを取った。

「は、はいい、よろしくお願いします」

その淫靡な香りのする熟女の股間に吸い寄せられるように、こんどは悠人がソファーの前に膝をついた。

そして彼女のパンティに手をかけていく。怖さはあるが摩夜が持つ包み込むような雰囲気に導かれて身体が動いていた。

「あっ、そんなに近くで見るんじゃないよ」

パンティを脱がし再び彼女の脚を押して片脚を開かせると、漆黒の陰毛とその下にある女の裂け目が露《あら》わになった。

股間を覆《おお》う草むらはさすが熟女とでも言おうか、太めの毛がみっしりと生い茂っている。ただ秘裂のほうは肉唇は小さめで形も整っていた。

「すいません、始めます」

見るなと言われても本人の人間性とは反するような美しい媚肉《びにく》に見とれてしまう。ただ さすがにずっと見ているというわけにもいかず、悠人は舌で上側にある小さな突起を舐め始めた。

「いちいち挨拶するな、あっ、くう、あ」

クリトリスもけっこう小粒で、それを舌で丁寧に転がすと、開かれている白い内腿がビクンと引き攣った。

以前、悠人は年上の女性と付き合っていた経験があり、彼女を感じさせていたときと同じように丁寧に秘唇や肉芽を舐め回していった。

「あっ、意外とあんた、あっ、あああ、くうん」

摩夜は敏感なほうなのか、一糸まとわぬ姿のグラマラスな肉体がソファーの上で何度か跳ねている。

恐ろしい女帝を自分の舌で感じさせていると思うと、悠人は妙に興奮してきて激しく舌を動かし、さらには指を二本膣内に押し込んだ。

「あぁっ、くうう、両方なんて、あっ、あああああ」

摩夜の声はいっそう激しくなっていく。ソファーにもたれている背中がのけぞり、巨人な乳房がブルブルと波を打っていた。

(すごい、もう中はドロドロだ)

指を押し込んだ膣内はすでに愛液にまみれている。しかも媚肉は肉厚で絡みつくような動きさえ見せていた。

(しゃぶりながら濡らしてたのかな？)

この量だということは、パンティを脱ぐ前から膣内は昂《たか》ぶっていたのかもしれない。

これは年上の恋人のときも同じだった。若い女性とした際には皆、悠人の巨根に驚いてなかなか濡れなかった。

「あ、あああ、あんたずいぶん女に馴れてるじゃないか、あ、そっちだけは人並み以上ってわけかい？」

喘《あえ》ぎながら摩夜は少しくやしげに言った。からかってやろうと思っていた若造に感じさせられているからだろうか。

「え？　馴れてるって三人ですけど」

「いちいち、そんなこと言わないでいいんだよ。馬鹿な子だね」

生真面目に経験人数を言うと、頭をぴしゃりとはたかれた。

「すいません」

「いちいち謝るな。ムードのない男だね、もうやめるかい」

呆れたように摩夜は唇を尖らせた。その少し頬が赤らんだ感じが、やけに女っぽく見えた。

最初は重圧しか感じなかった女帝の変化に、悠人はさらに興奮し肉棒が脈打った。

「無理です。僕もうはち切れそうです」

怒張はすぐにも暴発しそうだ。もう男の本能に導かれた悠人は、目の前で口を開いて愛液を溢《あふ》れさせているピンクの膣口に亀頭を押しあてていた。

「ちょっとあんた、あっ、あっ」

ガチガチの状態の怒張が媚肉に触れると、摩夜は一瞬だけ驚いた顔を見せたが、小さく喘《あえ》いで目を閉じた。

ソファーの上で片脚を開いている白い身体からも、力が抜けていくのがわかった。

「ああ、摩夜さん、すごく熱いです」

摩夜の媚肉は見た目以上にみっしりと押し寄せる感じで、入れた瞬間から亀頭が蕩けそうだ。

中はかなり熱くなっていて、悠人は彼女のもう一方の脚も持ちあげて両脚ともに開かせ、ゆっくりと腰を突き出していった。

「あっ、あああ、大きい、くうう、あんたこれ、あっ、あああああん」

悠人の巨根にも怯《ひる》む様子なく摩夜は受け入れていく。ただかなり喘ぎ声も大きくなり、厚めの唇が大きく開いていた。

「もう止まりません、くううう」

悠人のほうも快感に歯を食いしばりながら、一気に怒張を最奥にまで押し込んでいく。

ヌメヌメとした媚肉が亀頭に吸いつくような感触に、我を忘れて腰を突き出した。

「あっ、ああっ、奥、あっ、あああっ」

いきなりすぎるかと思うような一気の挿入だったが、摩夜はそれも見事に受けとめる。ただ切れ長の鋭い瞳は少し泳ぎ、揺れるIカップもピンクに染まっていた。

「ああ、摩夜さん、ああ」

もう彼女の魅力と絡みつく媚肉に溺れている悠人は、懸命に腰を使ってピストンを開始する。

血管が浮かんだ野太い肉竿が、ぱっくりと開いたピンクの膣口を出入りした。

「あああっ、はああん、こんなの、あああ、奥すぎる、ああ、あああ」

同時に摩夜の喘ぎ声も一気に激しくなっていく。彼女は最奥で感じるほうなのか、息づかいも激しさを増している。

悠人はソファーの上にある彼女の下半身を斜め下から突きあげるように、大きく腰を使って亀頭を打ち込んだ。

「あああっ、ひうっ、ちょっ、あああ、激しい、ああ、あああああん」

巨乳を踊らせる女帝は全身を上気させてよがり泣いている。もうさっきまでの余裕の表情はまるでなく、快感に翻弄《ほんろう》されている様子だ。

「あああ、摩夜さん、すごくエッチです」

我を忘れたように乱れる女傑の表情は、奇妙に征服欲をかきたてる。

悠人は目の前の乳房を強く揉みしだきながら、これでもかと腰を振りたてた。

「あああっ、はあああん、こら、あああ、ああ、そんなに奥ばかり、あっ、あああん」

野太い巨根が大きなストロークで媚肉を掻《か》き回し、子宮に届けとばかりに深く食い込む。

摩夜はもう虚ろな目をしたまま、ただ悠人のピストンに身を任せていた。

「ああ、だめ、あああああ、もう、あああ、イキそうだよ、ああ、あああ」

絶え間ない喘ぎ声を響かせながら、摩夜がギュッとソファーを摑んだ。大きくM字に開かれている両脚も何度も引き攣っている。

「イッてください摩夜さん、おおおおお」

力を込めて悠人も怒張を打ち込んでいく。

「あっ、あああああ、イク、あああ、もう、あああああ」

白い歯を食いしばって摩夜はのけぞった。巨大な乳房が千切れんがばかりに踊り、絡みつく媚肉が大きく脈動した。

「イッ、イクっ」

短い叫びとともに摩夜の全身がビクビクと痙攣《けいれん》した。激しい快感に溺れているのかもう視線は宙をさまよっていた。

「あ、ああっ、すごい、ああ、ああああ」

絶頂の発作は断続的に続き、そのたびに摩夜は息を詰まらせ、白い肌が波打つくらいの痙攣を見せている。

もう身体に力が入らないのか、そのままソファーの下に崩れ落ちてきた。

「ま、摩夜さん」

肉棒が抜け落ちる中、悠人はなんとか摩夜の身体を支えた。頭から落ちるようなことにはならなかったが、摩夜はさっきまで座っていたソファーに上半身を突っ伏すような形で下半身は床にへたり込んでいた。

「だ、大丈夫ですか？　摩夜さん」

苦しそうに息をしている摩夜の顔を、悠人は慌てて覗《のぞ》き込んだ。

「へ、平気だよ、ずいぶんと激しくしてくれたじゃないか」

はあはあと苦しそうにしながらも、摩夜は少し笑みを浮かべて悠人のほうを見た。

ただ上半身はソファーに預けたままで、額には汗が浮かんでいる。

「あんたは満足したのかい？　まだ出してないだろ」

さすがというか息が荒くなっているというのに、摩夜は悠人にそう言った。相手を気遣《きづか》う優しさを見せる美熟女の笑みは、なんとも妖艶だ。

「は、はい、じゃあ失礼します」

下半身はお尻をぺったりと床につくような形で摩夜は座っているのだが、そのムチムチとした尻たぶの柔らかそうな質感がいやらしい。

彼女がもっとしてもいいと言ってくれていると理解した悠人は、ほどよく引き締まっているウエストに腕を回して引き寄せる。

「あっ、こら、まだイッたばかり」

ソファーに上半身を預《あず》けて膝を床につき、豊満なヒップをうしろに突き出すような体勢になった摩夜は驚きの声をあげている。

するにしても少し休憩してからのつもりだったのだろうか。だが悠人はもう止まらず肉棒をまだ口を開いたままの膣口に押し込んだ。

「ひっ、ひあああ、いまは、あああっ、あああん、あああ」

絶頂を迎えた直後の媚肉は熱く蕩けている。それが亀頭に吸いついてくるのだからたまらない。

もう摩夜の言葉も聞こえず、悠人は怒張を一気に奥に押し込んで腰を振りたてた。

「あっ、そこだめ、あああ、あああん、はあああん、ああああ」

摩夜の声がさっきよりも甲高《かんだか》くなっている気がする。女の部分を剝《む》き出しにして喘ぐ美熟女に若者はさらに昂ぶり、目の前の尻たぶを摑んでピストンを激しくする。

「あああっ、はあああん、だめ、あああ、激しいよ、あああ、あああん」

悠人の腰が豊満な尻肉にぶつかる音が薄暗い部屋に響く。Iカップのバストをソファーに押しつけている上半身が何度ものけぞった。

「摩夜さんの中、気持ちいいです、ああ、すごい」

悠人もまた熟した媚肉に溺れきっていた。亀頭のエラにぬめった粘膜が吸いつき、ピストンのたびに甘美な摩擦を繰り返す。

もう根元まで痺れきっていて、すぐにでも射精してしまいそうだが、この快感を長く味わっていたかった。

「あああ、はあああん、あんた、あああん、ほんとに、すごい、ああ、あああ」

そしていつしか摩夜も悦楽《えつらく》に身を沈めていく。ピンクに染まった背中に汗まで浮かべながら、ただピストンされる怒張を受けとめて淫《みだ》らな喘ぎを大きくしていた。

「はっ、はあああん、あああ、おかしくなりそうだよ、ああ、ああ」

大きく唇を開き雄叫《おたけ》びのような声をあげた摩夜は、突っ伏していた上体を起こし、腕を伸ばしてのけぞった。

ソファーに手をついて四つん這いとなった身体の下で、巨大なIカップがブルブルと揺れる。

「くうう、摩夜さん、もっと奥まで、うう、くうう」

摩夜の身体が斜めになっているので、豊満なヒップが悠人の股間に押しつけられる形となった。

膣奥のさらに狭い場所に亀頭がぐりっと食い込み、ぬめった媚肉が強く締めあげてきた。

「ああぁ、私も、あああ、すごい、ああああん、あああぁ」

そこはもちろん摩夜にとっても強烈に感じる場所なのだろう。さらに声を大きくして全身をくねらせている。

「ううう、僕もたまりません、ううう、おおおお」

肉棒が摩夜の媚肉に吸い込まれていくような感覚の中、悠人は懸命に腰を振りたてる。尻肉が激しく波打ち、乳首の尖りきった巨乳が釣り鐘のように踊っていた。

「ううう、出そうです、ううう、もうだめです」

蕩けるような快感に悠人の肉棒も爆発しようとしていた。根元が何度も締めつけられ腰から下の力が抜けていった。

「ああっ、いいよ、そのままおいで、ああああ、避妊の薬くらいあるから、あああ、ああ、もっと、あああ、私もまたイク、あああああ、もっと、あああ、来てぇ」

悠人に中出しを許可しながら、摩夜はソファーをギュッと摑むと、雄叫びのような喘ぎ声を部屋に響かせた。

「は、はいいいいいい、おおおおお」

燃えあがる熟女に煽《あお》られ悠人も最後の力を振り絞る。破裂寸前の怒張をこれでもかとピストンして、濡れそぼる膣奥に向かって突きたてた。

「おおおお、イク、イク、あああ、イクうううううう」

上気した顔が上を向くほどのけぞり、摩夜は絶頂を極めた。グラマラスな白い身体がガクガクと痙攣を起こす。

巨乳や桃尻が大きく波を打ち、白い背中が何度も引き攣った。

「ぼっ、僕もイクっ」

肉棒が強く脈動し悠人は、腰を彼女の柔らかい尻たぶに密着させて頂点を極めた。強い締めつけを見せる女肉の奥に向かって、粘っこく濃い精液を放つ。

「あああっ、あああ、来てるよ、ああ、あああ、ああ、熱い」

断続的に繰り返される絶頂の発作に四つん這いの身体を震わせながら、摩夜は切れ長の瞳を泳がせて身悶えている。

熟した身体のすべてから牝《めす》の香りが立ちのぼり、男の本能を煽りたてた。

「うう、摩夜さん、ああ、まだ出ます、うう」

そんな美熟女の美しい背中や巨大なヒップを見つめながら、悠人は自分でも驚くくらいに射精を繰り返した。

何度も精液が放たれ、膣内が粘液で満たされていく感覚があった。

「あああ、まだ、あああ、出るのかい、ああ、ああ、はうっ」

射精されることすらも快感に変わっているのか、摩夜のほうも何度も身体を引き攣らせている。

二人ともに虚ろな目をしたまま、ただ悦楽に身を任せていた。

「う、うう、これで最後、うっ」

もうタマが空っぽになるような感覚の中で最後の精を摩夜の奥に放った。

それが終わると摩夜の身体から力が抜けていき、先ほどと同じようにソファーに上体を突っ伏して下半身は床にへたり込んだ。

「はあはあ、さすがにもう無理……はあ……」

へたり込んだ摩夜は意識はあるようだが、息を荒くしたまま切れ長の瞳をさまよわせてぐったりとしている。

床に押しつけられている巨尻の間から白い粘液が床に滴《したた》り落ちていた。

(やっ、やってしまった……)

射精して冷静になった悠人は、自分がとんでもないことをしでかしたと自覚した。

もとより悠人はセックスのさいに暴走してしまいがちで、それで恋人に別れを告げられた過去もあった。

「す、すいません、僕」

しかも相手はこの街の夜に君臨する女帝だ。いまさらながらに恐ろしくてたまらなくなり慌ててパンツを穿《は》いた。

「あ、あんた……はあはあ」

そんな悠人を摩夜はソファーに突っ伏したまま、顔だけをこちらに向けて見てきた。

その鋭い切れ長の瞳に、全身が恐怖に凍りついた。

「ひ、ひいい、ごめんなさい、失礼しますう」

慌てて服を着てカバンを摑み、悠人はドアに向かって駆け出した。

ドアを開いて外に飛び出ようとしたら向こう側で三人の女がひっくり返った。

「あいたっ」

どうやらドアの前で様子をうかがっていたのだろうか、さっき強い力で悠人をここまで引きずってきた筋肉質の早貴も尻もちをついている。

悠人は彼女に殺されるのではないかと恐怖して、必死でその場を駆け抜けた。

「あっ、ちょっとお前」

早貴の声が背中越しに聞こえてきたが、悠人は振り返らずにビルの階段を全力で駆け下りた。

第二章　長身格闘家の潮吹きうねり腰

結局、契約を取ることも出来ずに逃げ出した悠人は、もう会社を辞めることを決意していた。

（というかこの街から逃げないといけないんじゃないか……）

女帝と言われる人間をイカせまくるというとんでもない行為をしでかしてしまった。捕まればほんとうに消されてしまうのではないかと、ほとんど夜も眠れなかった。

「とりあえず会社行って辞めるって言おう。逃げるのはそれからだ」

いくら退職するとはいえ無断欠勤してそのままフェードアウトなんかしたら、激怒した社長がどこまでも追いかけてきそうだ。

女帝も恐ろしいが鬼社長も怖い。直接辞めると伝えないとよけいにややこしいことになりそうなので、悠人はビビりながらスーツに着替えて家を出た。

「おお、大原くんじゃないの。もう来ないかと思ってたよ」

始業前に会社のあるビルのそばに来ると、ちょうど出社してきた部長の行永と鉢合わせた。

いまは他の社員たちも出てくる時間なので数人歩いてきたが、皆、関わりたくないのか知らないふりしてビルの中に入っていく。

「来たということは契約取れたのかな、あそこの店舗数なら二台三台は軽いだろ」

朝も早くからネチネチとした口調で行永は、悠人の顔を覗き込んで言った。

契約が取れていないのはわかっているのだろうが、わざと聞いているのだ。

「い、いや、それがその……」

悠人はなにも言えずに口籠《くちご》もってしまう。契約はもちろん取れていないし、昨日自分がしでかした行いを行永や社長が知ったらどんな目にあわされるかわからない。

「取れてないのにそしらぬ顔で来られるわけないよな。さあ何件？」

ニヤニヤと楽しそうに行永は歩道に立ったままの悠人ににじり寄ってきた。

「い、いや、今日は、そのですね」

もう退職すると言いに来ました。そう口にしようとした瞬間。路肩に停まっていたワゴン車の扉が開いた。

「昨日のあんた。ちょっといいか？」

ドアの開く音がけっこう大きかったので、悠人も行永も顔をそちらに向けた。

ワゴン車から降りてきたのは、黒のパンツにブラウス姿の大柄な女だった。

「ひ、ひえええええ」

少し明るめの髪に肩幅のしっかりした体格の女。それとはアンバランスな可愛らしい瞳の大きな顔に見覚えのある悠人は、一瞬で震えあがった。

それは昨日、摩夜のオフィスで悠人を力任せに引きずった早貴という女だ。

「えっ、なんだ？　大原知り合いか？」

威圧感のある早貴の姿に行永の顔からも嫌みな笑顔が消え、二人を交互に見ている。

「あんたを待ってたんだよ」

「ひ、ひえ、なんのご用でしょうか」

早貴はゆっくりと歩いて歩道に入ってきて、悠人の前に立った。その目はまったく行永を見ようとはせずじっと悠人を睨みつけている。

「なんの用って、あんたうちに浄水器を売りに来たんだろ。社長が買ってくれるってさ、いまから店に行って見積もり出してよ」

てっきり怒り狂った摩夜が悠人を捕まえてこいと彼女に命じたのかと思ったが、意外な話だった。

「へ、見積もりですか？」

「そうだよ、しっかりしろよ」

殺されるのではなく商品を買ってもらえると言われても、悠人はすぐに理解出来なかった。

そんな小心者の男に、早貴は少し呆れたようにため息を吐いた。

「そういうことでしたら私が担当させて頂きます。この者の上司の行永でございます」

売りあげをあげるチャンスだと思ったのか、行永は悠人を押しのけるようにして早貴の前に出て名刺を差し出した。

「あ？　私はこいつに用があるんだけど」

名刺も受け取らず、早貴は一気に不機嫌になってドスの利いた声を出した。

その迫力に行永も、そして悠人も固まっていた。

「上司なら話が早いや。こいつ今日一日借りていくよ。うちの店舗を回って見積もりを出してもらうから、いいよね」

いちおう許可を得るように話はしているが、有無を言わせない圧力があった。

「は、はい、もちろんでございます」

悠人に対する強気な態度はどこへやら、行永は背筋を伸ばして即答した。

もともとは気の小さい男なのだろう、立場の弱い相手のみに強いのだ。

「じゃあ行くよ、ほら乗りな」

早貴は昨日同様に悠人の襟首を摑んで引っ張り、助手席に押し込んだ。

早貴の運転でワゴン車が走り出し、呆然と見送っていた行永の姿もサイドミラーから消えた。

(契約とか言って、実はどこか怖い場所に……)

運転席に座る早貴の鍛えられた腕や肩周りを見ていると、摩夜とはまた違う強い圧力を感じる。

「おい」

恐ろしくてドアのほうに身体を寄せていると、ハンドルを握りながら早貴が低めの声で話しかけてきた。

「ちょうど浄水器の交換を考えていた店が何店かあるから回ってもらうよ」

ぶっきらぼうな言葉遣いで早貴は前を向いたまま言う。

「は、はい、もちろんです」

まだ疑っている部分はあるが、とりあえず購入してもらえるのなら言うことはない。

「あの、機械とそこについてくる保守の件ですが」

機械を売るだけでは何台売っても鬼社長を不機嫌にするだけだ。悠人は恐る恐るながら赤信号のタイミングを見計らって尋ねてみた。

「そのへんは見積もりを見てうちの社長が判断するだろ。私は担当外さ」

確かに彼女の言うとおりであり、悠人は下を向いて黙り込んだ。すぐにフォローの言葉も出せない性格も営業には向いていないのかもしれない。

「まあ私の仕事はこうして運転手をしたり、あと荒事の解決とかが主だからね」

車を停めているので、早貴はハンドルから手を離して拳を作って笑った。

（ひえええええ）

その握り拳をよく見るとなにか新しい傷がついていて、悠人はまた震えあがった。

「なんだよ、冗談だよ。笑えよ」

「そ、そうなんですね、ははは」

愛想笑いをした悠人だったが、とてもじゃないがまともに笑えるはずもない。

そもそもまったく冗談に聞こえなかった。

「あの……いまはどちらのお店に向かっているのでしょうか？」

再び車が走り出したタイミングで悠人は話題を変えた。

「ああ、居酒屋とかレストランもあるけどね。どこも夜営業だからスタッフたちが出て来るのは二時くらいかな」

前を見てハンドルを持ったまま早貴が返事をした。

「ええっ、じゃあいくらなんでも早すぎるんじゃ」

時計を見るといまは午前九時。お店がどこにあるのかはわからないが、S市内だとしたら遅くても三十分以内には到着しそうだ。

「そうだよ、時間があるからさ、社長が、いや摩夜さんがあんたのでかいの味わってこいってよ」

再び車が赤信号で停まった。にっこりと笑ってこちらを見た早貴はいきなり悠人の股間に手を伸ばしてきた。

「こいつだね、悪い子は」

ズボン越しに悠人の肉棒を摑んだ早貴はグイグイ力強く揉んできた。

「いっ、痛いです、くうう」

まだ柔らかい肉棒を強く摑まれ悠人は顔をしかめた。握られているのが睾丸のほうでなくてよかったが、このまま手をずらされてそっちを摑まれたら失神ものだ。

「うちの社長をノックアウトするなんてやるじゃないか。楽しみだね、さあラブホにいくよ」

握った悠人の肉棒を、早貴はズボンやパンツの生地ごと強く上に引っ張った。

「ひいいいいい、はいい、どこでも行きますう」

肉棒を引きちぎられるかと思い、悠人は頭を激しく縦に振りながら叫んでいた。


「なに小さくなってるんだよ」

ほとんど強制的に朝のラブホテルに連れ込まれた悠人は、先にシャワーを浴びるように言われた。

交代で早貴が身体を洗っている間、悠人は腰にタオルを巻いたままベッドの縁《ふち》に腰掛けていた。

早貴が小さくなっていると言ったのは、肉棒の話ではなくて悠人が背中を丸めて縮こまっていたからだ。

「それにしても昨日はすごかったね。摩夜さんのあんな声聞いたの初めてだよ」

早貴は悠人の隣に腰掛け、豪快に笑いながら言った。

よく営業や交渉にきた男を摩夜はああやってからかうが、男のほうが半泣きで部屋から出てくる姿しか見たことがないらしかった。

「これの威力がすごいのかな」

大きな瞳を興味津々に輝かせた早貴は、シャワーのあとバスタオルを巻いた身体を屈ませて悠人の股間を覗き込んできた。

「い、いや、たまたまじゃないですかね」

剝き出しの筋肉のついた肩や二の腕が自分の肩に触れて、悠人は思わず身体を横にずらした。

ただ触れた彼女の白い肌は意外なほどにしっとりとしていて、なんとも感触がよかった。

（美人なのは間違いないし、それに身体のほうも）

屈強なイメージに隠れているが、早貴は瞳が大きくて唇の形もよく、どちらかといえば可愛らしいタイプの美女だ。

そして肉体も筋肉がついているだけでなく、胸元は大きく膨《ふく》らみ、お尻も盛りあがっていて肉感的だ。

「いやなのか？　私とするの」

どこまでも悠人が逃げ腰なので、早貴は少しさみしそうに顔を下に向けた。

大きな瞳が憂いを帯びていて、さっきまでの強気な姿からは一変した彼女に、悠人は強く胸が締めつけられた。

「そ、そんなことないです、早貴さん、すごく魅力的です」

慌てて悠人はそんなことを口にした。いつもなら気後《きおく》れして言えないがなぜか自然に口を突いて出てしまった。

バスタオルの胸元を大きく膨らませた乳房がフルフルと揺れる悩ましさにも、心を煽られていた。

「なら……いいよな」

早貴はしっかりとした肩周りを悠人の細い腕に密着させると、唇を寄せてきた。

形の整った、口角のあがった唇に悠人も吸い寄せられるように、自分の唇を重ねた。

「ん、んんん、んく……んんんん」

昨日の乱暴な感じは微塵《みじん》もない優しくねっとりとしたキス。互いの舌を絡ませ合いながら、いつしか手を握り合う。

彼女の体温と甘い香りを口内で感じる。ラブホテルの部屋には唾液の音が響き渡っていた。

「あふ……んんん……意外とキス、うまいな悠人、んんん、んんん」

唇を一度離して悠人を下の名前で呼んだ早貴は、こんどは舌から先に出してきた。

「早貴さんのキスもエッチです」

悠人も舌を前に突き出し、触れさせてから唇を重ねる。

「んんんん、んく、んんんん」

柔らかい唇やぬめった舌、彼女を女として強く意識すると、意外にも頬に丸みがあったり指先がしっとりとしていたりする。

昨日の怖さもどんどん薄れていき、悠人はさらに強く彼女の手を握った。すると早貴は身体を動かし、バスタオルがはらりと落ちてしまった。

（すごい……）

白のバスタオルがベッドに腰掛けている彼女の太腿のところまで落ちていき、乳房がすべて晒《さら》された。

大きさは摩夜よりも少し小さいくらいだろうか。それでも充分に巨大な肉房にはかなりの張りがあり、鎖骨《さこつ》の下からこんもりと盛りあがっていた。

「んん……んく……んんん……ああ……悠人」

鍛えているおかげだろうか、まったく垂《た》れることなく膨らむ乳房と、乳輪部も淫靡に盛りあがった乳首を隠そうともせず、早貴は唇を離してじっと見つめてきた。

大きな瞳がしっとりと潤み、唾液に濡れた唇が半開きになっている。

可愛らしい顔立ち、表情を見ていると、とても荒事担当とは思えなかった。

「早貴さん」

彼女に魅入られながら悠人は白い首筋にキスをしていく。しっとりとした肌に何度も口づけしながら、その下で盛りあがる乳房を揉んだ。

「あっ、あ、あん、そんなエッチな、あん、触りかただな、あ、悠人、ああ」

見事な丸みがあるのに柔らかい巨乳を揉み、どこまでも指を食い込ませていく。

さらに爪先でコリコリと乳首を擦ると、早貴の声色《こわいろ》が一気に変化した。

「す、すいません」

「いちいち、謝るなよ、あっ、あん、指は止めねえのか、あ、はうっ、だめ」

少しビビって頭を下げた悠人だったが、乳房を揉む手の動きはさらに大きくなっている。

少女のような声を出して喘ぐ強い女の姿がやけに新鮮で、手は心とは逆の動きをしていた。

「だってこの大きなおっぱいが……エッチすぎます」

昨日、暴走的なセックスをしたのを反省したはずなのに、気持ちが入ってくると、もう止められない。

そんなセリフを吐きながら、悠人は巨大な双乳を大胆に握り、乳首を絞り出して強く吸った。

「あっ、あああん、それだめだ、あっ、あああ、はああん」

チュウチュウと音を立ててすでに尖りきっていた乳首を吸いあげると、早貴の身体から力が抜けていく。

そのまま大柄な身体をベッドに横たえた早貴の上に悠人は自分の身体を重ねて、両乳首を交互に吸った。

「あっ、あああ、やん、ああ、お、おっぱいだけか、悠人」

乳房に執着するように乳首を吸い続ける悠人の攻撃に喘ぎながら、早貴が少しくやしそうに言った。

「とんでもないです、ここもずっとエッチだと思ってしまいました」

悠人は乳房を片手で揉んだまま、早貴に真横から覆いかぶさる体勢に移動した。

乳首を指先でこねながら、腰にバスタオルが乗っているだけの下半身に唇を寄せ、太腿に舌を這わせた。

「あっ、ああ、筋肉質だから魅力ないだろ。おっぱいはHカップあるからよく見られるけど、あ」

　変わらず乳首の快感に喘ぎながら、早貴は潤んだ瞳を向けてきた。切なそうなその表情をから察するにバスト以外には自信がないのだろうか。

「なに言っているんですか？　太腿、すごくしっとりとしていて、たまりません」

　筋肉の上に少し脂肪が乗った早貴の太腿はやけにムチムチとしていて重量感があり、悠人は惹《ひ》かれていた。

　肌も乳房と同様に艶やかで触り心地もかなりのものだった。

（ここも……）

　吸いつくような感触の内腿を撫でていると、さらに奥も気になってくる。

　悠人はそのまま手を滑らせ、奥にある早貴の女の部分に触れた。

「あっ、やっ、そこは、あ、あん」

　偶然だったが人差し指の先が小さな突起を捉えていた。そこをそのまま優しくこねると彼女の肉感的な身体が跳ねあがった。

「すごくエッチな声ですね、早貴さん」

　強い彼女を思うさま喘がせていると思うと、悠人はさらに興奮してきて、また歯止めを失っていく。

仰向《あおむ》けの早貴の腰にまとわりついているバスタオルを剝ぎ取り、太腿に負けないくらいにむっちりとした腰回りと、その中央にある黒毛に覆われた草むらを晒《さら》した。

「ああっ、お前がそんなところ触るからだろ、あっ、こらっ、あ、あああ」

一糸まとわぬ姿にされて早貴は文句を口にするが、身体はまったく動かさない。

鍛えられた脚も閉じる様子もなく、彼女の気の強さを表すように濃く生い茂る秘毛やその下にあるピンクの裂け目も隠そうとはしない。

「あっ、あああん、だめだって、あっ、あああん」

早貴は全体的にかなり敏感な気がする。悠人は彼女の横側から左手で乳首を、右手でクリトリスを軽く摘《つ》まんでしごいていった。

「あああっ、だめって、あああん、あああ、あああああ」

早貴はもうよがるばかりになり、ベッドのシーツにシワが寄るくらいに筋肉質の上半身をくねらせている。

悠人が好きだと言った肉感的な太腿も割れていき、足先が何度かピンと伸びていた。

(開いてきた……愛液も)

クリトリスをしごきながらその下にある膣口に目をやると、入口はすでに開門していて透明の粘液がだらだらと流れ出している。

さらに下にあるアナルまで濡れていて、ぬめった括約筋《かつやくきん》がヒクヒクと動いていた。

「早貴さん、もういきますよ」

軟体動物のように淫靡な動きを見せる早貴の媚肉の香りに導かれ、悠人は身体を起こして自分の腰のタオルを取った。

「それか、摩夜さんをメロメロにしたのは」

悠人の股間の逸物は、彼女が見せたいくつもの女の表情に煽られてギンギンに勃起していた。

亀頭のエラが強く張り出した威容を見て、早貴も少し驚いた様子を見せている。

「そうです。これがいまから早貴さんの中に入ります」

どこかうっとりとしている様子の早貴の目を見つめながら、悠人は彼女の両脚の間に身体を入れ太腿を持ちあげた。

いきり勃つ肉棒を見た瞬間から、早貴の膣口がヒクヒクと動き、中からドロリとさらなる愛液が溢れ出していた。

「いきますよ」

こちらのほうも亀頭が破裂しそうなくらいに昂ぶっている。悠人はゆっくりと腰を押し出し、待ちわびているようにうごめく入口に怒張を押し入れた。

「今日は薬持ってるから何回中出ししてもいいぞ、くっ、あっ、来た、ああっ」

セックスをする準備は万端ということろか。何回でもという言葉にちょっと恐ろしさを感じるが、吸いつくような媚肉の奥に向かって怒張を進めていった。

「あっ、あああああん、大きい、ああ、それに、ああっ、固い、くう、はああん」

血管が浮かんだ肉竿がこれでもかと口を開いた膣口に収まっていく。さすがと言うか痛がる様子も見せずにしっかりと受けとめる。

ただまだ入れているだけなのに、肩周りのしっかりした上半身が大きくくねって、ベッドが軋《きし》んでいた。

「早貴さんの中も、熱いです、くうう」

すでにドロドロに蕩けていた早貴の女肉は、鍛えてるわけではないだろうがやけにきついように思う。

肉棒全体をグイグイと締めつける感じで、さらに奥は狭くなっていた。

「あっ、あああ、奥に、来てるよ、あっ、あああああん」

亀頭が奥に達すると、早貴は大きく唇を割り開いてのけぞった。

巨大なGカップのバストが弾み、うっすらと腹筋が浮かんだお腹の辺りがヒクヒクと引き攣った。

「まだまだ奥までいきますよ」

まだ悠人の怒張が入りきったわけではない。そこからさらに亀頭が子宮口を押しあげるように侵入してきた。

「えっ、まだ来るのか、あっ、あああ、はあああん」

濡れた膣奥を抉《えぐ》るように、硬化した亀頭が最奥へと食い込んだ。早貴は一際《ひときわ》大きなよがり声を響かせ全身を震わせている。

「ああ、早貴さん、全部入りましたよ、いきますよ」

巨根が深々と入っても、早貴にはまだ少し余裕があるように見えた。これは悠人にとって初めての経験だ。

大柄で強い早貴にすべてを受けとめてもらっているような感覚に悠人は興奮しながら、ピストンを開始した。

「あっ、あああ、あああ、すごいよ、あああん、いい、ああ、悠人、あ、ああ」

腰を大きく使って亀頭を最奥に叩きつけるような激しい突き出し。早貴は快感に溺れているが、その二重《ふたえ》の瞳は下からずっと悠人を見つめている。

「ああ、早貴さんの中も、くうう、締めつけてます、ううう」

彼女の喘ぎに煽られるように悠人も夢中で腰を使う。言葉のとおり早貴の媚肉はさらに狭くなっていて怒張に密着している。

愛液も大量で、ぬめった粘膜がピストンするたびに絡みついた。

「あああ、はあああん、引っかかるよ、あああ、あんたのおチンチン、ああん、ああ、いい、ああっ、気持ちいいよ、あああ」

仰向《あおむ》けの身体の上でゴム鞠《まり》を思わせる美しい巨乳を踊らせる早貴は、唇を割り開いたまま肉棒を飲み込んでいる股間のほうを見た。

引っかかるとは亀頭のエラのことだろうか。確かに悠人のそこはキノコの傘のように張り出していた。

「じゃあ、これはどうですか」

ならばと悠人は彼女の左脚だけを持ちあげ、右脚からは手を離した。そのまま左だけをヨットのマストのように伸ばさせる。

「あっ、なにをする気、あっ、あああ、ああ」

自然と横寝になった早貴の伸ばした右脚を悠人はまたぎ、白い左太腿を抱きかかえるように固定してピストンを開始した。

左肩を悠人のほうに向けた上半身の上方で、重なったGカップが波を打っている。

「あああっ、これ、ああっ、だめ、あああああ、もっと、あああ」

横向きの上半身を何度ものけぞらせながら、早貴はひたすらに喘いでいる。

大きな肩や盛りあがる背筋がうねる様子が妙に淫らに見えた。

「早貴さんの気持ちいいところにあたってますか？」

強い女性を自分の肉棒で征服しているような状況は、気の弱い悠人であっても牡《おす》の感性をかきたてられる。

さらに彼女を追い込みたくなり、蕩けている瞳を見つめて言った。

「あっ、あああ、もう少し手前の前側、あ、そこ、あああん、そこお、あああ」

早貴の要望通りに肉棒を少し引き気味にして、膣の天井側に亀頭のエラを擦りつけながらピストンしてみた。

すると早貴はほとんど絶叫に近いような声をあげ、悠人に持ちあげられている左脚を引き攣らせた。

「ここですね、おおおお」

そこが早貴の感じるポイントなのか、集中的にエラを引っかけるようにして腰を動かし続ける。

「はあああん、そう、あああ、いい、たまらない、ああ、すごく、ああ、いい」

横寝の身体の前でGカップの巨乳を大きく弾ませながら、早貴は虚ろな目でシーツを握りしめながら喘ぎ続けている。

もう完全に一匹の牝になっていて、快感のなすがままによがり続けていた。

「あああっ、はあああん、イク、あああっ、もうイッちゃうよ、ああああ」

そして早貴は限界を口にして顔だけを悠人に向けて、虚ろに見あげてきた。

「は、はいい、僕も、ああ、出ます、うう」

亀頭のエラを集中的に膣肉に擦りつけているので、悠人のほうも快感に痺れきっていた。

もう射精はすぐそこにあるような状況で、最後に力を振り絞って腰を振り、彼女の触り心地のいい脚を強く抱きしめた。

「あああっ、イク、あああ、イッ、イクうううう」

さらに大きく横寝の身体を弓なりにした早貴は、九十度に開いた両脚をガクガクと震わせて絶叫を極めた。

「はあああん、で、出る、あああ、あああ」

そして同時に悠人の巨根を飲み込んでいるピンクの媚肉にある尿道口が開き、熱い潮が迸《ほとばし》った。

噴流が彼女の脚と交差している悠人の太腿にぶつかって飛び散った。

「すごいです、うう、早貴さん、ううう、僕ももう」

しっかりとした感じの下半身が震えるたびに、潮が吹きあがる。

異様な興奮を覚えながら悠人も腰を引き攣らせた。

「あああ、止まらない、あああ、ああああ」

中出しを望んでいた早貴は、悠人が射精を告げてもただ虚ろな目をして潮吹きを繰り返している。

最後は彼女の最奥に怒張を打ち込み、悠人はのぼりつめた。

「で、出る」

快感に肉棒の根元が締めつけられ、精子が勢いよく飛び出した。

「あああ、ああ、熱い、あああ、すごいよ、あああ」

亀頭のエラがGスポットから離れても、何度か潮吹きを繰り返しながら、早貴はうっとりと悦楽に浸りきっている。

膣内の肉棒が脈動し精子が打ち込まれるたびに、腹筋が浮かんだ腹部や巨乳がヒクヒクと波打っていた。

「あああ……はあああん……ああ……」

射精にも悦《よろこ》びを感じているような表情を見せたあと、早貴はがっくりと頭を落として息を吐いた。

体力では遥かに悠人を上回っているだろうが、もう息も絶え絶えだ。

「入れられながら潮吹いたのなんて初めてだよ。やってくれたな」

早貴は少しくやしそうな笑顔を見せて、射精を終えて肉棒を抜き取った悠人を見あげてきた。

「すいません、やりすぎました」

その笑顔の意味がわからず、悠人は逃げ腰になった。本気でかかってこられたらひとたまりもない。

「なんで謝るんだよ、すごく気持ちよかったって言いたいだけだ」

ゆっくりと身体を起こした早貴は膝立ちの悠人の前で自分も同じポーズになって肩を摑んできた。

そして悠人の頬にチュッとキスをした。少し汗ばみ頬がピンクに染まっている可愛らしい顔が、なんとも魅力的だ。

「僕もすごく気持ちよかったです」

筋肉質な身体に反するようにしっとりと吸いつくような白肌。揺れる巨大な乳房やムチムチとした太腿。

アンバランスさが淫靡に思える早貴の肉体は、見ているだけでたまらなかった。

「ふふ、そう言ってもらえると嬉しいね。でも一回で終わりなのかな、こいつは」

早貴はベッドに膝立ちのまま、目線を下にやった。そこには射精を終えてだらりとしている悠人の肉棒があった。

いろいろな液体にまみれて輝く肉棒は、だらりとしてはいるが少し固さも持っている。悠人は一日に二回三回は射精出来るので、早貴の肉体美に反応してすでに復活を始めていた。

「あれっ、もう固くなってきてる」

めざとく気がついた早貴は、手で肉棒を握るとしこしことしごき始めた。

「あうっ、早貴さん、そんな風に、くうう、うう」

力加減が絶妙な上に、手のひらも滑らかなので、悠人はすぐに快感の声をあげた。

しかしまだ射精したばかりなのでむず痒さがともなっていて、腰が無意識によじれた。

「ふふ、敏感だな悠人は」

「あうっ、だって、くうう、早貴さんの手、気持ちいい、うう、その揺れるおっぱいもエッチだし」

快感に悶絶する悠人の肉棒を早貴はさらに高速でしごいてきた。その気持ちよさだけではない、目の前でゴム鞠が弾むような動きを見せるGカップの巨乳もまた悠人の欲情を煽りたてていた。

「そうか、なら立ちな悠人」

早貴はそう命じて悠人をベッドの上に立たせた。不安定ながらも仁王立ちした悠人の股間に自分の乳房を持ってきた膝立ちの美女は、肉棒を挟んでしごきだした。

「くうう、早貴さん、これ、ああ、よすぎます」

豊満で張りの強い巨乳が、固さを取り戻してきた肉棒を激しくパイズリする。滑らかな白肌が、肉棒の先端から根元までも包み込んだまま擦りあげていた。

「ううっ、僕、ううう」

あっという間に下半身が痺れきり、ベッドの上で立っているのが辛くなって悠人は彼女の逞《たくま》しい肩に手を置いた。

もう肉棒は蕩けそうになり、さっき射精したのを忘れたかのようにすぐに勃起して反《そ》り返《かえ》った。

「しかしほんとにでかいな、それに固い。はみ出してきてるよ、んんんん」

パイズリの上下動を繰り返すたびに谷間から巨大な亀頭が顔を見せる。

そこからまた乳房の中に吸い込まれるのも心地いいのだが、早貴はなんとそのまま顔を下に向けて舐め始めた。

「早貴さん、ううっ、そんな」

彼女の肩を懸命に摑んで自分の身体を支えながら、悠人は歯を食いしばった。

ピンクの舌先が亀頭の裏筋を舐め、Gカップの張りの強い乳房がエラや竿の部分をしごきあげる。

「そんなに気持ちいいのか？　ん、んんん、ん」

パイズリをどんどん激しくしながら、早貴は舌だけでなく唇を亀頭の先端に吸いつかせてしゃぶり出す。

彼女の唾液のぬめりに亀頭が包まれ、竿が柔乳にしごかれる。

「あうっ、あああ、チ×チンが溶けそうです。ううう」

悠人はちょっと情けない声をあげながら腰をよじらせ、ただ快感に浸りきっていく。

こちらを大きな瞳で見つめながら、バストをこれでもかと動かす早貴も、頰を赤くして淫欲が昂ぶっているように見えた。

（ちょっと怖かったけど……エッチだし、顔は可愛いし）

どんどん女性らしい愛しさを見せる早貴のギャップに、悠人はもう身も心も昂ぶりきり、肉棒に吸いつく唇と巨乳にすべてを委《ゆだ》ねていた。

「ふふ、すごい顔になってるよ悠人、もう一回するよね」

亀頭からカウパーの薄液もずっと溢れ出している。それを舌で拭《ぬぐ》った早貴が楽しげに笑った。

「はい、お願いします」

「じゃあこんどは私がするよ」

そう言って早貴はベッドに立つ悠人の手を引いた。彼女に導かれるままにシーツの上に仰向けになった。

「お前は動かなくていいからな」

寝そべった細身《ほそみ》の身体の上で天井を向いて猛々しく突き立った怒張の上に、早貴は大胆に跨がってきた。

身長も高く肩周りもしっかりしているので、下から見あげる形になるとさらに迫力があるボディに見えた。

「あっ、くうう、やっぱり大きいな、うっ、くうう」

肉棒に自分の膣口を合わせた早貴は、ゆっくりとその身体を沈めてきた。

しっかりとした肉感的な太腿で悠人の腰を挟みながら、自分の胎内に怒張を飲み込んでいく。

「あっ、はああああん、これ、あああ、あああ」

肉棒が進むたびに早貴の声が大きくなる。普通にしていると凛々《りり》しさを感じる顔も一気に快感に歪んだ。

「くう、早貴さん、すごく締めてます」

まだ昂ぶったままの早貴の媚肉はグイグイと怒張を食い絞めてくる。亀頭に濡れた粘膜が絡みつき、悠人も仰向けの身体をくねらせた。

「あっ、お前のチ×チンが大きすぎるんだって、くうう、あっ、まだ奥に、はあん」

息を荒くしながらもさすがの体力で早貴はむっちりとしたお尻を沈めてきた。

彼女の喘ぎ声がラブホテルの部屋に響き渡る中、膣奥まで達した肉棒がさらに最奥を抉《えぐ》りながら根元まで入りきった。

「は、あ、ああああああん」

豊満な尻たぶが悠人の腰に密着する。早貴は絶叫に近い声をあげてのけぞる。

悠人の頭上でGカップの巨大な乳房がブルンと大きくバウンドした。

「あっ、あああ、これいいよ、ああ、あああん、あ、あ」

淫らな息を吐きながら早貴は腰を前後に使い出した。膣奥にある亀頭を貪《むさぼ》るように逞しい下半身が動き出す。

「くうう、早貴さん、ああ、擦れてます、うう」

騎乗位で前後に腰を使われると、膣奥の肉が亀頭を強く擦ってくる。敏感な場所である尿道口を強く刺激され、悠人はまた新たな快感を知った。

「あ、あああん、私もすごくいいよ、あああ、悠人、もっといくよ」

大きな瞳を妖しく輝かせた早貴は、膝立ちからがに股のような体勢になる。

そして膝の屈伸を使ってこんどは身体を上下に動かし始めた。

「早貴さん、これ、あうっ、くうう、うううう」

トレーニングのスクワットをするような動きで、早貴は自分の股間を、天を突いた怒張に叩きつけてきた。

そのストロークが大きいので、膣口から肉棒が亀頭の寸前まで姿を見せたあと、再び根元まで吸い込まれるという動きを繰り返している。

「ああ、いい、ああん、気持ちいい、ああ、あああ」

早貴はどんどん悠人の巨根に没頭している様子だ。

巨乳をブルブルと弾ませ、お尻を激しく悠人の腰に叩きつける。そのたびに彼女の淫靡なよがり声と肉のぶつかる音があがっていた。

「あうっ、早貴さん、くう、激しい」

濡れた媚肉が怒張をしごきあげるたびに、快感で腰が震えるのがたまらない。

根元がビクビクと脈打ち、悠人は自然と歯を食いしばってシーツを摑んでいた。

（よく考えたら女の人にされるのって初めてかもしれない）

その巨根ゆえか、悠人はいつも自分から挿入してピストンすることばかり考えていた。入ると同時に女たちは皆、強い快感に力が抜けてしまうからだ。

「あっ、あああああん、いいよ、ああああ、悠人、あっ、あああ」

早貴はやはり体力があるのか、顔を歪めてよがり泣きを繰り返しながらも、身体の動きは一切止めていない。

それも張りの強い巨乳が千切れるかと思うくらいに弾むほど、身体全体を躍動させて貪《むさぼ》ってくる。

「ああ、僕も気持ちいいです、早貴さん」

相手のペースで媚肉が亀頭を擦るのは、自分で動くときとはタイプが違う快感だ。

悠人は横たわった身体をよじらせながら、こもった声を漏らし続けていた。

「くうん、悠人も感じてくれて嬉しい、ああ、ああ、私、ああ、また」

自分の指を嚙《か》むような仕草を見せながら、早貴は何度も小さく背中をのけぞらせた。

もう感極まる寸前といったところだろうか。ただがに股の下半身の動きはまったく衰えていない。

「あああ、だめだ、あああ、またイッちゃうよう、あああん、あああ」

ゴム鞠のような巨乳を踊らせ、筋肉質の美女は限界を口にした。ピンクに上気した身体が引き攣り、結合部からは愛液がどっぷりと溢れ出してきた。

「うう、僕もイキます、ううう」

濡れた媚肉の甘いしごきあげに、悠人もまた射精寸前だ。連発が出来るほうだとはいえ、二回目でもこんなに早いのは初めてだ。

「あっ、また出して、あああ、悠人の精子、ああ、濃くて好きだよ、ああ、だめ」

うっとりとした顔を悠人に向けて、早貴は訴えてきた。そして悠人の胸に両手を置いて身体を屈める体勢になると、お尻を激しく振りたててきた。

「早貴さん、ううう、それだめです、あああ、くうう、もう出る、ああ」

女性に責め抜かれる快感に溺れながら、悠人は頂点に向かった。肉棒が激しく脈打ち、強い快感が押し寄せてきた。

「私も、ああ、イクよ、あああっ、イクうううう」

少しだけ早く早貴が大きく背中を弓なりにした。明るめの髪が弾み、張りのあるバストが尖りきった乳首とともにバウンドした。

「僕もイク」

早貴の媚肉が絶頂と同時に締めつけを強くし、悠人も腰を震わせた。

濡れた膣壁に包まれながら二発目とは思えない大量の精液を発射した。

「ああっ、悠人の精子、ああ、濃いよ、あああ、いい、ああ、イッてるよ、ああ」

膣奥に射精されている感覚にも酔いしれている様子の早貴は、断続的に全身を震わせて大きく唇を割り開いて瞳を泳がせている。

顔は虚ろな感じだが、がに股の下半身の動きは止まらず、上から激しくヒップを叩きつけてきた。

「くう、あうっ、早貴さん、うう、もう、うう」

射精を繰り返す肉棒を媚肉で激しくしごかれ、精液が絞られるように飛び出していった。

その凄まじい快感に悠人は自然と腰を突きあげながら溺れ続けた。

「あっ、ああ、は、はあああん、いい、ああ、すごい、はうううん」

最後に一度さらに背中をのけぞらせたあと、早貴はようやく動きを止めてビクビクと全身を痙攣させている。

さすがに力尽きたのか、そのままゆっくりと仰向けの悠人の横に倒れてきた。

「さ、早貴さん」

目を閉じて激しく息をしている早貴が心配になって、悠人は声をかけた。ただ悠人のほうも腰が痺れていてすぐには起きあがれない。

「だ、大丈夫だよ。でもすごかった……あたし、初めて満足したかも」

ゆっくりと瞳を開いた早貴は、汗ばんだ顔を向けてはにかんだ笑みを見せた。

第三章　可憐パティシエの淫ら顔

精も根も尽き果てるようなセックスのあと、早貴と悠人は眠り込んでしまい、夕方前になって慌てていくつかの店舗を回った。

三つの店舗で機械の販売と保守契約をしてもらう約束を取りつけた。商品に問題などがなければ、さらに他の店舗の分も検討してくれるそうだ。

「やったな大原くん、いやあ、ありがとう」

昨日の早貴の腰の叩きつけのせいで筋肉痛の身体を引きずるようにして会社にいき、社長に報告すると、ニコニコ顔で悠人の手を握ってきた。

浄水器は保守契約を含めると高価になるので、一気に三台はかなりの売りあげだ。

ホクホクになるのは仕方がないが、あまりにも態度が違う。一昨日まで呼び捨てで怒鳴っていたというのに君までついていた。

「みんなも大原くんを見習ってがんばるようにな」

朝は集結している他の営業マンに行永が言った。辞めさせるために摩夜のところに送り込んだというのにこの態度だ。

「まあ今日はのんびりしていいぞ。あそこに営業に行ってもっと取ってきてくれてもかまわないけどねえ」

行永が悠人の肩を叩きながら笑った。摩夜がいくつ店舗を持っているのかというのは早貴ですら正確な数字は知らないと言っていたから、もっと契約を取る余地はあるだろうというわけだ。

「は、はあ、がんばります」

ここで嫌みのひとつでも言い返せればいいのだが、悠人は差し障りのない返事をするのみだ。

これが舐められる要因だというのはわかっているが、物心ついたときからこんな性格なのでどうしようもない。

「あ……すいません、電話です」

そんなやりとりをしているとポケットの中のスマホが振動した。

「どうぞどうぞ」

共に笑顔の社長と行永の声がハモった。気持ち悪く思いながら悠人は廊下に出て電話を取った。

「おう悠人か、ちょっといいか？」

ドスの利いたその声は早貴だった。

「なにビビってんのお前は、毎回毎回。それとももうチ×チン勃ててんのか？」

電話で早貴から迎えにいくから準備をしろと言われ、ビルの外に出るとすぐに昨日と同じワゴン車がやってきた。

車内には運転手の彼女がひとり、悠人はまたビビりながら言われるままに助手席に乗った。

「ひ、ひぃ」

シートベルトをしたあとも背中を丸め気味にしている悠人の股間に、早貴は運転席から手を伸ばしてきた。

「なんだ、ふにゃふにゃじゃないか。朝勃ちしないのか」

手を離したあと車を発進させながら、早貴はいたずらっぽく笑った。

「む、無理です。今日はさすがに勘弁してください」

彼女の運転でワゴン車で走り出す。昨日の朝とまったく同じパターンだということは、またラブホテルに連れ込まれるかと悠人は恐怖していた。

「なんだよ、女が嫌がる話は聞くけど男が勘弁してくれって、逆だろ。それともう私に飽きたのか？」

「とんでもない、あのそっちじゃなくて背中や腰がバキバキで……」

へんにごまかそうとしたりしたら、ひどい目にあわされそうなので悠人は本音を素直に口にした。

股間の愚息のほうは今日もしっかりと朝勃ちしていたが、身体のほうが筋肉痛でいうことをきかない状態なのだ。

『なんだよ情けない奴だな。はは、まあチ×チンのほうが元気ならいいか。それに今日は違う用事だしな」

豪快に笑った早貴は昨日とは違う方向に車を走らせた。

「別の用事ですか？」

とりあえずあの凄まじい腰の叩きつけをくらわずにすむと悠人はほっとしたが、なんの用件なのだろうか。

「ああ、この先で私のツレがケーキ屋をしてるんだ。そこの浄水器が交換時期だって聞いていたのを思い出したのさ」

そこはパティシエがオーナーを務める店で摩夜とは関係がないが、仕事になるならいいだろうと早貴は続けた。

「は、はい、ありがたい話です」

顧客を紹介してくれるのなら嬉しい。ただ早貴のツレとはどんな人間なのか、一抹《いちまつ》の不安を抱えながら悠人は頷いた。


車が停まったのはロードサイドにある煉瓦屋根の店舗の前だった。駐車場も備えたそのケーキ店はおしゃれな雰囲気で、この時間帯だとまだ開店した直後だろうが何人かの客がいた。

「シュークリームやいちごショートが美味《おい》しいんだよ。日曜とか開店前なのに並ぶ客もいるくらいなんだぜ」

車を降りると早貴は店の裏口のほうに向かって歩いていく。ガラスのウインドウ越しにケーキが並んだ店内を見て早貴は少し舌なめずりした。

「ケーキなんか食べるんですか？」

大柄で筋肉もついた早貴は今日はブルーのブラウス姿だが、やはり肩周りは布が張っている。

性格も男っぽい彼女と甘い物がどうしても結びつかなかった。

「なんだよ、私がケーキ食べたらいけないのか。酒でも呑んでろってか？」

立ち止まった早貴は、うしろをついていく悠人を鋭い目で睨みつけてきた。

「そんなことはありません、は、はいいい」

身体の関係を持ったといってもやはり恐ろしい。震えあがった悠人は気をつけをして頭を下げていた。

「あら、早貴先輩じゃないですか？　おはようございます」

このままボコボコにされるのかと怯えていると、店の裏口のドアが開いて白い調理服の女性が出てきた。

小柄で可愛らしい感じの女性は黒髪を頭の上でまとめて、大きな瞳を早貴に向けている。

キラキラとした感じのする黒目に二重のまぶた。鼻も丸みがあって頬もふっくらしているので一見すると高校生に見えないこともなかった。

「紹介するよ。こいつが昨日言った、馬鹿の浄水器屋」

やはり腹が立っているのか、早貴は少し不機嫌そうに悠人を紹介した。

「あ、そうですか、ここのオーナーをしてます内藤《ないとう》です。よろしくお願いします」

両手を前に置き、調理服の小さな身体を折って女性は頭を下げてくれた。

声も少し高いし仕草も可愛いので、ほんとうに幼げに見えた。

「ええっ、あなたが!?」

少女のようなこの人が繁盛店のオーナーなのかと、悠人はびっくりして声をあげた。

「おい、お前はどれだけ人を見かけで判断するんだ。いい加減にしろ」

一番見かけ通りにガラの悪い早貴がついに怒って、悠人の頭にゲンコツを入れた。


「もう早貴先輩ったらひどいわねえ、大丈夫ですか？」

悠人と早貴は店の中にある事務所に案内されて、従業員が休憩などに使うというテーブルの前に座っていた。

ただ早貴は座るのは苦手だと言って壁を背に立っている。なにかを常に警戒して隙を作らないようにしているのだろうか。

「萌美《もえみ》は高校生のときからお菓子のコンテストで優勝してた凄腕なんだぜ、疑う顔なんかするからだ」

腕組みしたまま早貴は不機嫌そうに言った。

「別に疑ってなんかいないよねえ、大原さんは。私は早貴先輩の後輩なんです。あのころ先輩は空手部の主将の上に番長で、よく街の不良の男子をひどい目にあわせていました」

「おい、よけいなこと、言わなくていい」

ケラケラと笑う萌美に早貴が唇を尖らせて文句を言った。会話の内容からして二人はまったく違う学生生活を送っていたようだが、気の置けない関係の様子だ。

「いえ、こちらこそ失礼しました、オーナー」

頭はまだジンジン痛むが、悪いのは確かに悠人なのだから仕方がない。いくら少女のような見た目でもこんな立派な店の店主なのだ。

「萌美でいいですよ。お店のみんなにもお仕事以外はそう呼んでもらってるし」

悠人とテーブルを挟んで座り、萌美はニコニコと笑っている。ほんとうに失礼だが、どこから見てもアルバイトの高校生にしか思えなかった。

ただ美女であることにかわりはなく、悠人は緊張しっぱなしだった。

「こちらがカタログです。あとはよろしければいまお使いになられている機械のほうを見せて頂いてもよろしいでしょうか」

「あ、はい、こちらどうぞ」

テーブルにカタログを出してから悠人が言うと、萌美が作業場のほうに案内してくれた。裏口とは反対側のドアを開くと甘い香りが漂《ただよ》っている。

悠人はそこにある浄水器を見て、機械の能力などを確認していく。そうでないと、こちらが勧める浄水器の種類も決められないからだ。

「ありがとうございます。ではあらためてカタログを見て検討していただけますでしょうか」

萌美が頷いて事務所に戻り、悠人も続けて中に入った。

「えっ」

事務所に戻るとテーブルやロッカーが置かれたスペースに、早貴以外にもう一人の女性がいた。

ただいるだけではない。なにやら早貴と睨み合っている。

「お姉ちゃん」

萌美がその女性を見て声をあげた。女性は紺のスーツに白のブラウス。タイト気味のスカートから伸びる白いふくらはぎがすらりとしている。

萌美は姉と呼んだが、顔立ちはあまり似ておらず、切れ長の瞳はかなり鋭さを感じさせた。

「このお店の顧問弁護士の内藤です。今日はなんのご用でしょうか？」

差し出された名刺には内藤汐里《しおり》という名前と弁護士としての登録番号が書かれていた。ジャケットの襟には金に光る弁護士バッジがつけられている。

「じょ、浄水器の営業に来ておりまして」

妹とは別タイプの美人ではあるが、早貴や摩夜とはまた違った迫力を感じさせる瞳に悠人はすくみあがった。

どういう巡り合わせなのか、ここのところ怖い女性とばかり知り合う。

「ふーん。浄水器ねえ。ちゃんとした商品なのかしら」

汐里はテーブルの上に置かれたカタログに目を落として、明らかに疑うような感じで言った。

「そ、それはちゃんとしたメーカー品で、でして、大丈夫です、はい」

気圧《けお》された悠人は汗をかいて口籠《くちごも》ってしまう。ここで高性能のいい浄水器です、とでも言えれば営業マンとして一人前だろうが無理だった。

「汗かいてますよ。なにかやましいところがあるのかしら」

鋭く目を光らせて汐里はさらに言葉をきつくした。確かに悠人の態度だと怪しいと思われても仕方がない。

「おいつ、私の紹介の人間だぞ。やましいとはどういう意味だよ」

壁にもたれて黙って聞いていた早貴が、さすがに口を挟んできた。

「あなたの紹介って聞くと、ますます疑わしいわよね」

早貴は汐里の背後にいるのだが、そちらを勢いよく振り返って眉を吊りあげる。

「なんだとう」

呼応するように早貴も壁から身体を起こして睨み合う。弁護士というのは度胸が据わっているのか、大柄な早貴を相手にしても一歩も引く気配がない。

もちろん早貴のほうも額に血管を浮かべて汐里を見下ろしている。

「二人も同じ高校の同級生なの。不良と生徒会長」

呆然と火花を散らす二人の女を見ている悠人の横に、萌美がすっと寄ってきて小声で囁いてきた。

「もうお互い二十九歳だからイライラしてるのかしら。おばさん同士仲良くしたらいいのにね」

萌美はニヤニヤと笑いながら小さな声で悪口を言い出した。この状況でよくそんなことが言えるものだと気の弱い悠人は目を丸くした。

「おい、萌美聞こえてるぞ」

「二十代でおばさん呼ばわりなんて、どういうこと」

早貴と汐里にはしっかりと聞こえていたのか、すぐにこちらを向いて反応した。

「こわーい」

ぺろりと舌を出して萌美は白い調理服の身体を悠人の背後に隠した。おかげで汐里と早貴に睨まれる結果となり、悠人はますます汗をかいた。

「あ、この浄水器って家庭用もあるんだ。私のお家《うち》のほうをまず頼もうかな」

テーブルに置かれたカタログのひとつを見て、萌美が言った。二人の怖い女の視線などお構いなしにあくまでマイペースだ。

「は、はい、家庭用の扱いもあります」

メインは業務用の機械と保守契約だが、家庭用の浄水器も扱いがあった。

「お家でも研究するからいいのが欲しかったんだ。あ、これなんかいいかな」

「この機械なら確か在庫が社にあったはずですが」

悠人は急いで社に電話を入れた。なにかをしてると早貴と汐里の顔から目線を外せるのでありがたかった。

「あるそうです」

「あ、よかった。じゃあお家で使ってみてよかったらお店のもお願いします。それでいいよね、お姉ちゃん」

ずっと無視していた姉のことを思い出したように、萌美が言った。

「お店のを導入することになったら、契約には私も立ち会いますからね」

汐里はそう言ったあと、早貴をひと睨みしてから裏口を出て行った。

「ちっ、やな女」

スーツ姿の汐里の背中を見送りながら、早貴が強く舌打ちをした。

「在庫があるなら今夜でも大丈夫ですか？　今日は早くあがれると思うので」

「も、もちろんです。家庭用なら私が取りつけ出来ますので」

早貴のほうが怖くて見られない悠人は、萌美だけを見て何度も頷いた。


萌美の店からほど近い場所に、彼女の住むマンションがあった。実家とかなら汐里もいるのではとビビったが、早貴から萌美は一人暮らしだと聞かされていた。

「どうも遅くにすみません。時間合わせてもらって」

マンションのドアを開けると笑顔で萌美が出てきた。襟元が大きく開いて片側の肩が出ている薄手のセーターに下は黒のタイツだ。

セーターの丈《たけ》が長いので腰回りは完全に隠れていていやらしい感じはなく、小柄で少女のような顔立ちの彼女にはよく似合っていた。

「いいえ、家に帰ってもどうせやることはないですから」

彼女のマンションは玄関に花が飾られていて甘い香りがした。中は１ＬＤＫで部屋の中には本人のキャラクターに似合った可愛い小物などが置かれていた。

「あまり見ないでください。散らかってて恥ずかしいから」

膝の下辺りまでのタイツの脚をもじもじさせて、萌美は顔を赤くしている。

こういう仕草もほんとうに愛らしい。二十九歳の早貴の二学年下だと言っていたから二十七歳だろうか、とてもそうは見えなかった。

「す、すいません。じゃあキッチンのほうに」

見とれていたのは萌美本人のほうだが、そんなことを言えるはずもなく、悠人は顔を伏せてキッチンに向かった。

「家でもたくさん研究出来るように、キッチンが広い物件を選んだんです」

そう言うだけあって、一人暮らし用のマンションとは思えないスペースの台所だった。

そこに大きなオーブンや製菓用の器具が置かれていた。シンクも広いので浄水器も簡単に置けそうだ。

「じゃあお取り替えしますね」

悠人は持ってきた新しい浄水器を段ボール箱から出して、古いものと交換していく。同じように設置するだけなのでそれほど手間がかかる作業ではない。

「あとはこれでしばらく水を流せばすぐにでも使えます」

新品の浄水器はこうして水を出しっぱなしにしてから、ようやく浄水が出るようになる。もうあとは待つだけなので悠人は引き取りになる古い浄水器を段ボール箱に収めた。

「ありがとうございます。悠人さんって早貴さんが言ってたとおり優しいですね」

大きな瞳を細めて、萌美は悠人のワイシャツの腕にそっと自分の手を触れさせてきた。

お店で悠人のうしろに隠れたときもそうだったが、彼女はさりげなくボディタッチをしてくるのでドキドキしてしまう。

「あ、そうだ、試作品のプリンがあるので持って帰りますか？」

浄水の水質テストも終わると、萌美はこれも一人暮らしに思えないサイズの冷蔵庫の前に行き、ドアではなく下の引き出しのほうを開けた。

そこには金属のトレイに整然と、プリンの入った容器が並べられていた。

「うっ」

悠人が声をあげたのはプリンが美味しそうだったからではない。引き出しを開くために前屈みになっている彼女のセーターの前が開き、胸元が覗いていたからだ。

もとより片方の肩が出るくらいの首回りのセーターなので、まさに大開きの胸元から小柄な身体には不似合いな白いバストとピンクのブラジャーが覗いていた。

ブラジャーもカップが小さいのか上乳の部分がほとんど晒されていた。

「やだ、悠人さんのエッチ」

悠人が見ていることに気がついたのか、萌美は身体を起こして自分の胸に両手をあて、頬をピンクにして笑った。

「す、すいません、悪気はないのです」

せっかく機械を購入してくれたというのに申し訳ないと、悠人は慌てて頭を下げた。

「うふふ、冷蔵庫のプリンにします？　それともこっちのプリン？　いちおうFカップですけど」

「へっ」

このまま土下座をしようかと思ったとき、とんでもない言葉が聞こえてきた。

頭をあげると萌美はもう目の前に立っていた。

「私、我慢するの嫌いなんですよね」

萌美は正面からセーターとタイツ姿の身体を寄り添わせると、悠人の股間に小さな手をあてがってきた。

「ふふ、早貴さんから聞いてますよ。すごいんですってね、悠人さんのここ」

ズボン越しに悠人の股間を軽く握ってきた。その大きな瞳はさっきまでとはうって変わって、妖しく輝いている。

「え、ええ、ちょっと萌美さん、ええっ」

早貴からなにを聞いたのだろうか、悠人のモノのサイズかそれともセックスか。

とにかく理解が追いつかない。目の前の美少女のような容姿の女性が淫靡な笑みを浮かべて自分の股間を摑む姿がとても現実とは思えなかった。

「とりあえず味見させていただきまーす」

やけに軽い調子で言った萌美はうしろで開いたままの冷蔵庫の引き出しを器用に脚で閉め、悠人の前に膝をついた。

そのままスムーズな手つきでベルトを緩めて、ズボンまで下げてきた。

「えっ、あ、ちょっと、萌美さん、えっ、うっ」

パンツまで素早く引き下ろされてしまい、さすがに腰を引こうとした悠人だったが、萌美はそれよりも早く肉棒に舌を這わせてきた。

温かく濡れたピンクの舌が亀頭に絡みつき、甘い快感が突き抜けた。

「萎《な》えていてもこんなに大きいんですね、んん、すごい、んく」

大きな瞳を丸くしながら萌美は可愛らしい唇を開いて、亀頭部を大胆に飲み込んだ。

舌を絡める動きはそのままで、さらにしゃぶりあげまで加わってはたまらなかった。

「んん、んんん、んく」

萌美はいまはうしろで結んでいる黒髪を弾ませて、頭を大胆に振っている。

その動きに合わせてセーターの胸のところが開き、白い上乳が覗いた。

「ううっ、萌美さん、くうう、うう」

少女のような顔にはあまりにアンバランスな大胆なフェラチオ。亀頭を甘く吸われ、悠人の愚息は一気に硬化していった。

「すごい、なにこれ……ほんとに大きい……」

勃起してさらに巨大になり、猛々しく天を突いた悠人の巨根をまじまじと見つめながら、萌美は竿に舌を這わせ、玉袋を口に含んできた。

「はうっ、そこは、くう、ああ」

立ったまま腰をクネクネと揺らして、悠人は玉袋の快感に声をあげた。むず痒いその感じに、お尻まで引き攣ってくる。

「ああ、こんな立派なの見ていたら熱くなってきた」

我慢しない、そう言っていた言葉のとおり萌美は潤んだ瞳で悠人を見あげながら、セーターを脱ぎ捨てる。

そしてあらためて舌を亀頭に這わせながら、ピンクのブラジャーも取り去った。

「んんん、んく、んんん」

顔を上気させさせながら懸命に亀頭を舐め、裏筋に吸いつく美少女のような萌美の身体の前で、形のいい巨乳がブルンと揺れて飛び出した。

早貴とはまたタイプの違う張りのあるバストは、見事な色白の乳白色をしていて、下乳には青い静脈が浮かんでいた。

「ああ、萌美さん」

乳首も小粒で乳輪も狭い。その美しい姿に見とれながら、悠人もさらに昂ぶっていった。

「んんん、あふ、もっと気持ちよくなって悠人さん」

萌美は上半身は裸で下は黒のタイツだけの身体を起こすと、Fカップだと言った乳房を持ちあげて肉棒を挟んだ。

両手で双乳をゆっくりと揺すり、屹立《きつりつ》している太い肉棒をしごきあげる。

「くうう、すごく気持ちいいです、萌美さん」

白く滑らかな肌が亀頭や肉竿を優しく撫でていく。早貴の激しいパイズリもよかったが、萌美の柔肉を肉棒に押しつけながら、じっくりとしごくのもたまらない。

もう口を半開きにして悠人は彼女に身を任せるだけだ。あまりの快感に最初のためらいもどこかに消えていた。

「悠人さんの大きなおチ×チン、ヒクヒクしてるわ、可愛い」

幼げな感じだが、淫靡な本性を持っているのか、萌美は妖しげな笑みを浮かべながら、こんどは片方の乳房だけを持ちあげ、薄桃色の乳首を悠人の亀頭の裏側に擦りつけた。

「はうっ、くうう、こんなの、ううう」

これは悠人も初めての経験だった。勃起している乳頭部がグリグリと男の敏感な裏筋に擦られる。

パイズリやフェラチオとはまた違った強い快感にもう両膝が崩れそうだ。

「あっ、やん、これ、ああ、私も声出ちゃうの、あっ、ああ」

乳首を擦りつけるのは諸刃《もろは》の剣のようで、萌美は膝立ちの腰をくねらせて甲高い声をあげだした。

その声色はかなりトーンが高く、声まで十代の少女のようだ。

「も、萌美さん、そろそろ交代します」

こうなると彼女の可愛い喘ぎをもっと聞いてみたくなる。悠人はタイツだけの萌美の前に膝をつき、彼女の肩を摑んで背中を向けさせた。

そして驚くくらいに細い腰を抱き寄せて四つん這いにさせた。

「あっ、やあん、悠人さん、エッチ」

膝と手をキッチンの床についた萌美は、顔だけをこちらに向けて切ない声で言った。ただ大きな瞳はもうとろんとなっているし、小さな唇も半開きでどちらがエッチなのかわからない。

「そうです、僕はエッチな男です」

もう勢いがついてしまっている悠人はためらいなく認めて、彼女の突き出されたタイツのお尻に目をやる。

小柄なのに意外なくらい豊満な肉が盛りあがっていて、黒い生地がはち切れそうになっていた。

「脱がしますよ」

セックスのときの暴走は抑《おさ》えなければまた後悔する。その思いは頭の片隅《かたすみ》にあるが、こんないやらしい桃尻を目の前にしたら抑制など出来ない。

右手をタイツにかけて彼女の膝まで引き下げると、中からブラジャーとお揃いのピンクのパンティが現れた。

「大きいお尻ですね」

ピンクの生地が食い込んでいる感じのする白い尻肉を両手で揉《も》んでみる。乳房と同様に吸いつくような質感の肌に、十本の指が深く食い込んだ。

「やん、大きすぎるからコンプレックスなの。言わないで悠人さん」

切なそうに訴えながら、萌美は四つん這いの身体をよじらせる。大きなヒップがまるで誘惑するように横揺れし目を逸《そ》らすなど無理だった。

「いいじゃないですか、とっても興奮するお尻ですよ。もう全部見せてもらいます」

悠人はそう言って最後の一枚に手をかけた。先ほどからこちらを向いている股布の部分から女の淫靡な匂いが漂っていた。

「あっ、やん」

ピンクの生地がヒップを滑り、タイツと同じように膝まで下がると萌美が恥ずかしげな声をあげた。

剝き卵のような艶々とした尻たぶの奥に、彼女の女の部分がある。

少女のような見た目に違《たが》わず、色も薄桃色でビラも小さくて固そうだ。ただすでに少し口を開いている膣口の周りには愛液がまとわりついていた。

「すごくいやらしい匂いがしますよ」

萌美の恥じらいを煽るような言葉をかけながら、悠人は微妙《びみょう》な開閉を繰り返す膣口に指を二本押し入れていった。

「あっ、やあああん、はっ、はあああん」

萌美はすぐに反応し背中を大きくのけぞらせる。彼女の声もすごいが、膣内は熱くドロドロに蕩けていて、強い女の発情を感じさせた。

(ほとんどなにもしてないのに……ほんとに好きなんだな……)

前戯のようなことはほぼ行っていないというのに、膣内はもう大量の愛液にまみれきっていた。

媚肉も絡みつくような感触で、悠人は無意識に指をピストンしていた。

「あっ、あああっ、悠人さん、ああん、そこだめ、ああん」

すぐに強い反応を見せた萌美は犬のポーズの身体を断続的にのけぞらせて、甘い声をキッチンに響かせる。

白いヒップがすぐにピンクに染まり、さらに愛液が溢れて粘着音があがった。

「やああん、音がしてる、あああん、あああ」

二本指はけっこう速くピストンされているが、萌美は痛がるどころかどんどん喘ぎを激しくしていた。

美少女のような見た目とは真逆な淫蕩ぶりに、悠人も魅入られていた。

「ああ、悠人さん、あああん、指ばかりじゃ、ああん、いやっ」

そんな萌美は顔をうしろに向けて、切なそうな表情を見せた。少し額に汗が浮かんだ美少女顔がたまらないといった感情を見せていた。

「はい、いきますよ」

もちろんだが悠人もこのままでは終われない。媚肉から引き抜いた愛液まみれの指で桃尻をしっかりと摑む。

そしてギンギンに昂ぶったままの怒張を、物欲しげに収縮を繰り返す膣口に押しあてた。

「あっ、ひゃん、これ、あああ、ああ、大きい」

身体に合わせるように少々小さめの萌美の膣口が、これでもかと開いていく。

悠人の逸物が大きすぎるため、痛々しさを感じさせるが、受け入れている彼女はさらに大きく喘ぎだしていた。

「あっ、あああ、萌美の中、あああん、すごく広がってる」

エラの張り出した亀頭が膣内を進むたびに、萌美は息を詰まらせてよがり泣く。

四つん這いの身体の下では、張りのあるFカップのバストがフルフルと揺れていた。

「痛くないですか？」

膣内はかなり狭くてきつい。男のほうはそれが気持ちいいのかもしれないが、萌美は痛いのではないかと心配になった。

「ああん、痛くない、あああ、気持ちいいの、ああ、悠人さんのおチ×チン、あああん、こんなの初めて」

なよなよと首を振って萌美はそう訴えたあと、白い背中をさらに大きく弓なりにしてよがり泣いた。

「ならもう奥までいきますよ」

小柄な身体は関係ないくらいに、萌美の肉体は淫らな女として成熟しているようだ。

二十七歳のヒップを強く摑み、悠人は一気に膣奥にまで押し込んだ。

「ひっ、はあああん、これ、ああっ、あああ」

野太い亀頭が膣奥に達すると萌美は大きな瞳をさらに見開いて、身体を震わせた。

ただこれで終わりではなく、さらに奥まで亀頭が子宮口を押しあげた。

「深い、ああああん、あああ、すごいいいいい、あああああ」

どこまでも感じまくる美少女のような女は、キッチンの床に爪を立てながら絶叫を続けている。

すべてを受けとめてくれる溶け落ちた媚肉の奥に向かって、悠人は強くピストンを開始した。

「ああっ、ひぃいいん、あああ、ああ、いい、あああ、悠人さんので、あああん、萌美の中いっぱいよう、ああああ」

時折、顔をうしろに向けながら萌美はよがり泣きを続ける。その瞳は完全に蕩けていて、唇もだらしなく開いたままだ。

完全に悦楽に浸りきった姿に悠人もさらに昂ぶり、激しく肉棒を突き出した。

「ひあ、これ、ああああん、ほんとうに、ああ、すごすぎるうう、あああ」

身体の下で痼《しこ》りきった乳首とともに巨乳が揺れ、背中や肩が何度も引き攣る。

悠人の腰が叩きつけられるたびに、本人がコンプレックスだと言った桃尻が波打つのが、なんともいやらしかった。

「僕もすごく気持ちいいです。あああ、たまりません」

やけに狭い萌美の膣肉が亀頭や竿に密着してくる。ぬめった粘膜が隙間なく擦りあげてきて、悠人もその快感に声を漏らしていた。

「ああ、悠人さん、あああ、もっと激しくしてえ、あああん」

最初の印象とはまさに真逆の淫らな本性を全開にした美女は、犬のポーズの身体をくねらせながら、豊満なヒップを突き出す。

悠人の巨大な逸物を自分の胎内でさらに味わおうとする動きだ。

「あああん、ああ、萌美、もうイッちゃう、悠人さんのおチ×チンがすごいからあ」

また顔だけをうしろに向けて萌美は訴えてきた。その表情はさらに蕩け、目尻の垂れた大きな瞳も虚ろになっていた。

「イッてください、僕も、うう、そろそろ限界です」

きつめの媚肉の締めつけの中で悠人ももう暴発寸前だった。肉棒は常に根元が脈打ち、その痺れが腰まで伝わっていた。

「あああっ、来てえ、あああ、今日は大丈夫な日だから、ああ、中に来てえ」

四つん這いの白い身体の下で、張りの強い巨乳を揺らす美人パティシエは、中出しをねだりながら身体の力を抜いた。

「は、はいいい、おおおおお」

彼女の求めに応じて悠人は一気にピストンを速くした。蕩けるような媚肉に溺れながらこれでもかと、巨尻に股間を叩きつける。

「あああ、すごい、あああ、もう、もうだめ、あああ、あああ」

瞳をかっと見開いた萌美は汗ばんだ背中を大きく弓なりにして、そばにあるシンクの下扉の取っ手を摑んで上半身を支えた。

身体が起きあがったことにより、お尻が斜め上から悠人の股間に密着してきた。

さらに密着度があがり、より深くに亀頭が食い込んだ。

「ああっ、イク、イクううううう」

小柄な身体の前でFカップの巨乳をこれでもかと弾ませながら、萌美は天井を向いて絶叫した。

怒張が出入りする膣口が強く食い締め、掻き出された愛液が床に滴《したた》った。

「僕も、イキます」

豊満な尻たぶに自分の腰を突き出し悠人は怒張を爆発させた。腰が震えるほどの快感が突き抜けていき、熱い精が迸った。

「あああん、来てるわ、ああ、熱い、ああ、またイク」

断続的に絶頂に身悶えながら、萌美は腰を大きく横にくねらせる。巨尻が悠人の股間にグリグリと押しつけられる。

「あうっ、萌美さん、これ、うう、すごい」

膣内でも奥の媚肉が亀頭を擦り、イッている状態の肉棒にさらに快感が上乗せされ、精が搾《しぼ》り取られる。

悠人ももう唇をだらしなく開いたまま、快感に溺れ続けた。

「あああっ、まだ出てる、あああ」

美少女顔を歪めた萌美もイキ続け、キッチンに男と女の甘い声が響き渡った。


「悠人さんって連発もきくんだよねえ」

キッチンからベッドに場所を移し、萌美は白い脚を悠人に絡めてきた。

「え、いや、そんなに元気なわけでは」

ここのところ連日のように女たちと関係をもっているので、正直疲れがある。

彼女の寝室で天井を見あげて寝ていて、顔の横には美しい張りを持った巨乳があるのだが、股間はだらりとしたままだ。

いつもならこんな美しい女性に添い寝をされたらすぐに勃起しているはずだ。

「うふふ、まあお姉さんに任せなさい」

十代でも通用するような美少女顔の萌美は、いたずらっぽい笑みを浮かべてから、身体を悠人の下半身に移動させた。

(そういえば年上なんだよな)

彼女のムチムチとした小柄な身体やふっくらとした頬を見つめても、いまだに信じられないが、二十五歳の悠人よりも二つ年上なのだ。

目の前の透き通るような白肌の乳房もほんとうに張りが強く、悠人は指で押して感触を確かめてみたくなった。

「あ、やん」

触れたら丸みの強い肉房全体がぷるんと弾んだ。指が弾き返されるような感触で、触った経験はないが、十代の乳房はこんな感触なのかもしれない。

「もういたずらして。お姉さんもやり返しちゃうぞ」

性欲のほうは二十代どころか熟女レベルのようで、萌美は横から悠人の身体に横寝で密着しながら脚を伸ばしてくる。

そのつま先が捉えているのは、悠人の股間で萎えている肉棒だ。

「あ、ちょっと萌美さん、うっ」

足で肉棒を責められて悠人は抵抗を感じるが、その力加減がなんとも絶妙で思わず声をあげてしまった。

「ふふ、おチ×チン入れてるときの悠人さんは野性的だけど、いまの顔はすごく可愛いねえ」

仰向けの身体をブルッと震わせた悠人に淫靡な笑みを浮かべながら、横寝の美女はさらに足を大きく動かしてきた。

「うっ、萌美さん、くうう、うう」

彼女のつるつるとした足の裏や足指がグリグリと亀頭を弄《もてあそ》んでくる。痛みはまるでなく、ただむず痒いような感覚が立ちのぼってきた。

（く、これはこれですごくいいかも……）

女性に一方的に、しかも足裏で自分の大事な場所を責められる。少し情けなくも思うが、なぜか悠人は手脚を動かそうという気持ちにはならなかった。

さらには彼女が童顔なので、かなりいけない行為をしているような思いに囚われ、それがもっと興奮をかきたてた。

「あらら、もう固くなっちゃってるよう、悠人さん」

こちらもどんどん興が乗ってきているのか、楽しげに笑いながら足を動かし、少しきつめに肉棒を擦ったり押しつぶしたりしてきた。

少し痛いのだが、なぜかそれも心地よかった。

「くうう、だって、うう、萌美さんがそういう風に、ううう」

自分にそんな性癖があるとは思わなかったが、いまはこの快感に身を任せていたい。

もちろんだが肉棒はさらに硬化していき、寝室の天井を向いて勃ちあがっていた。

「やん、大きくて固いから、もう足じゃ無理かも」

小柄な彼女は足のサイズも小さめなので、完全に勃起した悠人の巨根には弾かれてしまっている。

ただ萌美は困った風に言いつも、その声色は楽しそうだった。

「またいただいちゃおうかな」

美人パティシエは身体を起こすと、悠人の顔を見つめながら跨がってきた。

小柄な身体を悠人の腰の上に持ってきて、躊躇《ちゆうちよ》なく薄毛の股間を沈めてきた。

「あっ、ああん、さっきと同じくらい固い……ああ」

ゆっくりと堪能《たんのう》するように、萌美は膣口から中に悠人の怒張を飲み込んでいく。

さきほどはバックからだったのでよく見えなかったが、瞳の大きな幼顔が一気に快感に蕩けていく様子はたまらなく淫靡だ。

「あ、ああ、悠人さんはそのままじっとしてていいからね、ああ、あふん」

それにしてもこの小さな身体によくこの大きな怒張が入るものだと思う。

しかも萌美は味わいながらうっとりとした顔で飲み込んでいくのだ。

「ああ、萌美さんの中、うう、絡みついてくる感じです、くう、うう」

さっきよりも萌美の中が熱く狭くなっている気がする。淫液にまみれた媚肉が肉棒に吸いついてきた。

「あっ、あああん、奥に来た、はうん、やっぱりすごい」

しっかりと根元まで怒張を飲み込み、萌美は大きくのけぞった。

丸みの強いバストがピンクの乳首とともに大きくバウンドする。Ｆカップだと言っていたが、身体が小さい分、サイズが大きく見え摩夜にも負けない迫力があった。

「あああっ、いい、ほんとこれ、癖になりそう」

すぐに大きな瞳を蕩けさせた萌美はその身体を上下に弾ませ始めた。同じ女性上位の体位でも早貴はがに股でのスクワットだったが、萌美はベッドのバネの反動を利用して自分の身体を上下に揺らしてきた。

「あ、はあああん、いい、ああ、奥もすごいわ」

結合部に目をやると膣の入口がこれでもかと引き裂かれていて、痛々しく見えてしまうが、萌美は快感に夢中になっていた。

「僕も、これ、すごく気持ちいいです」

悠人も男の敏感な場所である張り出しに、濡れた粘膜が擦られるのでたまらない。

「ああん、ああ、悠人さんも気持ちよくなってくれて嬉しい、ああ、ああ」

悠人が顔を歪めると萌美はさらに自分の身体を大きく揺すり、ベッドを軋《きし》ませながらよがり泣きを続けている。

色白の肌がピンクに上気し、半開きになった唇からは濡れた舌が覗いていた。

「あっ、ああ、たまらない、ああっ、あああ」

どんどん没頭していく萌美はついに瞳をさまよわせ始めた。巨乳と身体を弾ませながら肉棒にすべてを委ねている。

「萌美さん、うう、くうう」

見た目が少女の彼女が、一気に淫らに変貌していく姿を見あげながら、悠人もいつしか快感に自分のすべてを飲み込まれていた。

仰向けの身体の末端まで痺れていき、本能的に下から腰を使った。

「あっ、だめ、悠人さんが動いたら、あっ、待って、あっ、はうん」

肉棒が動き始めると、萌美は焦《あせ》ったように下に目を向けて切なく訴えてきた。

だがすぐに呼吸を詰まらせ大きくのけぞった。

「あっ、あああ、だめ、イク、ああ、はうっ」

白い歯を食いしばり、眉間にシワを寄せた少女のような美女は、少し身体を前屈みにして下腹部をビクビクと痙攣させた。

どうやら昂ぶりきっていた膣に、悠人が動いてとどめを刺してしまったようだ。

「あっ、ああん、はうん、ああ……」

断続的に背中を弓なりにしたあと、萌美は前に向かって崩れ落ちてきた。

肉棒を膣内に飲み込んだまま、悠人に女体が覆いかぶさる。

「もうっ、私だけイッちゃったじゃない、一緒にイこうと思ってたのに」

可愛らしい顔に汗を浮かべた萌美は、はあはあと荒い呼吸を繰り返しながら言った。

鞠のような乳房を悠人の胸に押しつけながら、小さな手でギュッとしがみついてくるのがまた愛《いと》おしかった。

「じゃあ、次は一緒にイキます」

年上とは思えない愛らしさを見せる彼女に、悠人は胸が強く締めつけられた。

この人をもっと感じさせたい、悦ばせたい。そんな思いを込めて肉棒を突きあげた。

「あっ、ああん、まだイッたばかりだよう、あっ、ああん、ああ」

悠人に覆いかぶさっている小柄ながらにグラマラスなボディが、大きく弾んで落ちてくる。

巨根が愛液にまみれた膣口を激しく出入りすると、萌美は驚きながらも激しく喘ぎだした。

「あああ、だめえ、あああん、感じすぎちゃうよう、あああん、ああ」

萌美の背中を下から抱き寄せながら、腰と肉棒を上に向かって突きあげる。

先ほどとは少し違う角度で膣奥が突きあげられ、媚肉を掻き回す粘着音とベッドのバネの軋む音が寝室に響いた。

「あああっ、はうん、ほんとに、あああん、すごすぎる、あああ」

小さな唇を大きく割り開いた萌美の喘ぎ声も一気に激しさを増す。大きな瞳が完全に泳いでいて、彼女が再び悦楽に浸《ひた》っているのが感じられた。

「萌美さん、もっとたくさん突きますよ」

見た目とは逆に、行為に対して強い許容性を見せる萌美に、悠人は力の限り怒張をピストンした。

彼女をどこまでも感じさせたい、そんな思いで腰を揺すった。

「あああっ、来て、あああん、萌美を狂わせて、あああん、好き、ああ、好きよ」

「ぼ、僕も」

感極まったように叫んだ萌美は、吸いつくように唇を重ねてきた。悠人もそれに応えて舌を絡ませていく。

「んんんんん」

勢いのままに互いの舌を吸い合いながら、上下で彼女の体温やぬめりを感じ取る。

もう夢中で悠人は小柄な女体を抱きしめ、怒張をこれでもかとピストンした。

「んんんん、ぷはっ、ああ、もうだめ、また来る、イッちゃう」

唇を離した萌美はあさっての方向を見つめながら叫んだ。

「僕ももうイキます。また萌美さんの中に出しますぅ」

濡れ堕ちた吸いつきのいい媚肉に溺れる怒張もビクビクと脈打つ。グイグイと食い絞めてくる膣奥に向かって、夢中で亀頭を打ち込んだ。

「あああっ、イク、イクうううううう」

さっきとは違い雄叫びのような絶叫をあげながら、萌美は自分の頰を悠人の顔に押しつけ、強くしがみついてきた。

汗の浮かんだ背中や大きく実った桃尻がビクビクと痙攣を起こした。

「僕もイク」

耳元で彼女の淫らな叫びを聞きながら、悠人は膣奥に亀頭を擦りつけるようにして射精した。

二度目でも量が多く、ドロリとした精液が放たれていった。

「あああっ、熱いわ、あああん、悠人さんの精子好き、ああ、あああ」

膣の中を満たしていく大量の精子。萌美はうっとりとした顔を見せながら、悠人の頬に唇を押しつけた。

「萌美さん、んんんん」

悠人は彼女の身体を抱きしめたまま、自分も顔を横に向けて唇を重ねた。

あらためて萌美の舌の温かさを感じながら、悠人は何度も精を放ち続けた。

第四章　ご奉仕好きな女弁護士

一度、売りあげをあげられるようになったら勢いがつくものだろうか。

「ありがとうございました。また設置のさいに立ち会いにうかがいます」

S市の隣にあるM市の洋食店の軒先で悠人は丁寧にコックスーツの店主に向かって頭を下げた。

「いえいえ、こちらこそちょうどいまのが古くなっていたタイミングだったので、助かりましたよ」

わざわざ見送りに来てくれたけっこう若い店主は、笑顔でそう言ってくれた。

彼の言葉は気を遣ってのものではなく、ほんとうにいま使用している浄水器のフィルターが寿命に近かったのだ。

機械自体も古かったのでフィルター交換しようかそれとも買い換えるか悩んでいたところに、ちょうど悠人が飛び込みで営業にきたというわけだ。

（早貴さんや萌美さんが運気をあげてくれているのかな……）

同時に保守契約もしてくれた店主にもう一度丁寧に頭を下げて、悠人は社用車に乗り込んだ。

摩夜と関係を持ってから二週間ほどのうちに立て続けに何台も契約をとったことになる。

社長はもちろんだがえびす顔で、この社用車も悠人専用にと使わせてくれていた。

「今日は萌美さんと契約だな」

萌美のケーキ店にも一台導入が決まり、今日は料理屋で一席設けている。社長も行永もどうぞどうぞと経費を認めてくれた。

「それにしても繁盛してたな、さっきの店」

二人の鬼上司の変貌ぶりも気になるが、さきほどの洋食店もお昼時はすぎて休憩の前だというのに数人の客がまだ食事を摂《と》っていた。

最初にこの店の前を通ったときは五人ほどが外に並んでいた。

「味もよかったけど女神がたくさんいるからかな」

もちろん悠人も最初は客としてランチを食べたがかなり美味しかった。ただそれだけではなく、ここは店主以外のスタッフは全員女性で、皆美しいのだ。

長身の美女から萌美のように小柄な明るい女性。さらには知的な感じのする美女の三人がウエイトレスをしていて、そして厨房の中で手伝いをしている美熟女までいた。

（ハーレムだな……僕と同じ……いかん、調子に乗るとろくなことがないぞ）

女たちのおかげでいまの売りあげがあるのだ。自力で一件売ったくらいで調子に乗ってはならないと悠人は自分を戒《いまし》めた。


夜になり店を閉めた萌美と合流した。薄手のコートにパンツ姿の彼女はまた少女のような清純さがあった。

これがベッドに入るとあそこまで大胆に悶えるとは、誰も思わないだろう。

「ごめんなさい悠人さん、お姉ちゃんまでご招待頂いて」

萌美の店からほど近い駅前にあるお寿司も出してくれる和食店に、悠人は一席設けていた。

すでに導入する機種は決めてもらっているが、保守の契約書を作らなくてはならない。そのために個室を用意したのだ。

「当たり前よ、あなたはすぐ騙されそうになるんだから」

天真爛漫な妹の隣には、スーツ姿の姉、汐里が立っている。最初に遭遇したさいに言っていたとおり彼女は弁護士として契約書を確認すると言ってきた。

今日も黒髪を頭の上でまとめた彼女は、整った美人顔を厳しくして眉間にシワを寄せている。

「大丈夫ですよ。ちゃんと経費で落とせますから」

二人が三人になっても契約を取れたら問題ない。ただ眼光鋭くプレッシャーを感じさせる汐里は恐ろしかった。

朗《ほが》らかな妹の前ではリラックス出来ても、姉がいると気の弱い悠人は背筋が伸びっぱなしだ。

「こんばんは、予約しておいた大原です」

こちらも敷居の高い感じの和食店ののれんを、緊張気味に悠人はくぐった。

「わあ、このデザート美味しい、一緒についてるお菓子もどこのだろ、お店で作っているのかな」

実はこの和食店は社長がいい店だといって紹介してくれた。コース料理もなかなかで少しお酒を呑みつつだったのだが、最後のデザートを食べながら萌美が声をあげた。

「僕のもよかったら食べてください」

桃のゼリーと小さな和菓子が添えられた皿を悠人は萌美の前に出した。ゼリーのほうはお店で作っているのだろうが、和菓子のほうは仕入れているのかもしれない、萌美はそこが気になっているようだ。

「わあ、ありがとう悠人さん」

少女のようなパティシエは、笑顔で皿を受け取って食べ始めた。

彼女は作るだけでなく食べるのも大好きで、好きがこうじて洋菓子の道に進んだと聞いていた。

「それでどう？　お姉ちゃん」

嬉しそうにゼリーを食べながら、萌美は自分の隣で契約書に目を通している姉のほうを向いた。

「まあ別に問題はないわね。保守点検もメーカーが受け持つようだし、いいでしょ」

姉の汐里は怖い目で悠人のほうをじろりと見たあと、書類をテーブルに置いた。

代理店である悠人の会社はともかく、メーカーは有名なところでアフターサービスもしっかりとしているから不安はない。

ただようやく弁護士の許可が出たことに、悠人はほっと胸を撫で下ろした。

「はーい、じゃあサインしてハンコついちゃおう」

まだデザートは途中だが、萌美は自分のバッグからハンコのケースを取り出した。

「またあんたはそんな簡単に。契約書なんか簡単に書いちゃだめなんだからね」

やけに軽い調子の妹に汐里は顔を曇らせている。しっかりものの姉に自由人な妹。これはこれでバランスが取れているのかもしれない。

「わかってるよ、だからお姉ちゃんにいつも確認取るでしょ。あとお姉ちゃん、もうひとつのほうはどうなの？」

悠人が指定した場所にサインをしながら、こんどは隣は見ずに萌美が言った。

「なに？　もうひとつってまだなにかあるの」

他にも用件があるのかと、汐里が厳しい目をテーブルの対面にいる悠人に向けた。

機械の販売と保守契約以外になにもない。悠人自身も驚いて自分の顔の前で違いますと手を振った。

「契約じゃないよ、悠人さんのこと。ばっちりお姉ちゃんの好みのタイプじゃん」

ハンコを押しながら萌美がいたずらっぽい笑みを浮かべて言った。

「ちょっ、あんたなにを」

悠人もびっくりしたが、汐里も目と唇を大きく開いた。ここは妹と同じ色白の肌が一瞬で真っ赤に染まった。

「ふふ、お姉ちゃんはちょっと頼りなさそうな男の人に弱いのだよ、悠人さん」

すべての署名を終えた萌美は笑顔を向けてきた。

「ちょっと萌美、悠人さんにも失礼でしょ」

急にあたふたとしだした汐里は、妹の肩を揺すって文句を言っている。萌美はそんなことはお構いなしにバッグにハンコを戻して、デザートの残りを平らげていく。

「ふふ、悠人さんって、いきなり下の名前で呼ぶなんてお姉ちゃんにしては珍しいじゃん、よほどお気に入りなのかなあ」

さらに楽しそうになった萌美は、狼狽《うろた》える姉の肩を指でつついた。

「な、なにを言ってるのよ、や、やめなさい」

さっきまでの迫力は完全になりを潜め、汐里は赤らんだ顔を下に向けてしまった。

そんな二人を悠人はただ呆然と口を開いて見つめるだけだった。

「普段は身内の人間以外を下の名前で呼んだりしない姉なんですよー、ああ、美味しかった、ごちそうさま」

デザートをすべて食べ終えて自分のお腹をぽんと叩いた萌美は、いきなり立ちあがった。

「あとは二人でごゆっくり」

そう言って悠人に向けてウインクした萌美は、個室から出て行こうとした。

「ええつ、も、萌美さん」

さすがに悠人も腰を浮かせたが、萌美は素早く動き、ばいばいと手を振って帰ってしまった。

「そ、そんな」

テーブルの向こう側にはうつむいた美人弁護士が黙って座っている。萌美に言われたとおり頼りない悠人は、どうしていいのかわからない。

「お、お酒呑みますか?」

悠人は汐里がチビチビと日本酒を呑んでいたのを思い出し、お銚子を手に取った。

「いただきます……いちおう」

汐里も混乱しているのか、へんなことを言いながらおちょこを出してきた。

弁護士とどんな会話をしていいのか悠人にわかるはずもなく。互いにほとんど会話をしないまま、ただお酒を呑んだ。

そこそこの量を呑み、共に顔を赤くした二人はさすがにもう帰ろうという話になって店を出た。

「あっ」

店を出て歩道を歩き出すと、パンプスを履いている汐里が少しよろけた。まとめていたのを途中で解《ほど》いていた、肩までの黒髪がふわりと弾んだ。

「大丈夫ですか？」

悠人はそんな彼女のスーツの腕を持って慌てて支えた。身体に触れたら怒られそうだったが、とっさの行動だった。

「あ……ありがとう」

汐里は顔を横に向けて目線を外したまま小声で礼を言った。萌美がへんな発言をしてからずっとだが、汐里はまともに悠人のほうを見ない。

「萌美が言った話……気にしないでね」

再び歩き出すと悠人の隣で汐里がつぶやいた。

「は、はい」

どう返していいのかわからずに悠人はとりあえず返事をしただけだ。こういうところが萌美にも頼りないと言われてしまう部分だろう。

汐里はお酒なのかそれとも照れているのかはわからないが、変わらず顔を真っ赤にしたまま悠人の横を歩く。

なにか微妙な表情をしながら悠人のほうを見てきた。

「あれ？　シャツのボタン」

唇を結んだまま切れ長のまつげの長い瞳を切なそうにして見あげてきた汐里が、悠人の胸のところを指差した。

悠人も目線を下げるとワイシャツのボタンが取れかけていた。

「もうすぐ私の家だから縫ってあげるわ、来て」

萌美も汐里も住まいは別だが、互いに近所に住んでいて、さっきの和食屋からもけっこう近い。

右側を指差した汐里は悠人の袖を引っ張った。

「えっ、でも申し訳ないですよ」

「いいの、来て」

少しかすれた声で、汐里は強く悠人の袖を引いた。少し雰囲気が変わってきた彼女の表情に吸い寄せられるように、悠人は同じ方向に歩き出した。

弁護士だと聞いていたが汐里のマンションはとくに高級な感じではなく、妹とさほどかわらない１ＬＤＫのマンションだった。

妹と違うのは家具などもシンプルなデザインのものばかりだという部分だ。独立し、事務所を構えていてけっこう忙しくしていると萌美に聞いていたから、意外なくらいに質素な感じだ。

そこのリビングに敷かれた二畳ほどの絨毯《じゅうたん》の上に悠人は上半身裸で、緊張気味に正座をしていた。

「はい、出来たわよ」

丁寧にボタンを縫い付けた汐里は、悠人にワイシャツを渡してきた。シンプルな部屋と裁縫をする若妻のような彼女がマッチしていて、悠人は見とれてしまった。

「狭い部屋で驚いた？　あまり儲からない仕事ばかりしているからね」

そう言えば早貴も、くやしいが弁護士としては凄腕《すごうで》だと汐里のことを評価していた。なのに儲からないということは、きっと弱い人やお金をあまり持っていない人々の力になっているのだろうか。

そんな弁護士のドキュメンタリーを見た覚えが悠人にはあった。

「ありがとうございます」

ワイシャツを受け取りながら悠人は頭をあらためて下げた。自分みたいな人間のために手間をかけさせて申し訳ないような気がした。

「いいのよ、私までご馳走になったし」

少しはにかんだ笑顔を浮かべて汐里はこちらを見た。口元もあまり妹とは似ておらず、唇がぽってりと厚めで少し覗いた白い歯に色気を感じた。

「そんな、経費ですから、う……」

汐里はフローリングに敷かれた絨毯の上に横座りで裁縫をしていたのだが、ジャケットは脱いで白のブラウスとスカートだけになっている。

悠人のほうを向こうとした彼女が腰を捻《ひね》ると、ブラウスの生地が身体にはりつき、胸のところが強調された。

怒られそうだからあまり見ないようにしていたが、汐里も妹に負けじとかなりグラマーな体型でこんな体勢になると巨乳の突き出しが目立ちすぎていた。

「あ……やだ」

悠人が自分の胸を見ていることに気がついて、汐里は慌てて両腕を身体の前で交差させた。

「すいません、すいません」

ひたすら謝りながら、悠人はちらりと顔を天井に向けた。天井の電灯もシンプルなタイプだと、まったく関係のないことを考えて気を散らした。

そうでないと恥じらう美人弁護士に勃起してしまいそうだった。

「でも私なんかの胸を見てもなにも思わないでしょ。ただ大きいだけだし」

お互いがちょっとパニックのような状況の中で、汐里がぼそりと言った。

「そんなことないです。すごく魅力的でスタイルも素晴らしいと思います」

顔を上に向けたまま悠人は反射的に叫んでいた。気が弱いというのにこんなことを口走ってしまったのは、汐里の持つ愛らしい部分にやられていたのかもしれない。

「そんな……やだ」

汐里はもう両手で自分の顔を覆ってしまう。

気の利いた言葉など出てくるはずもなく、しばらく無言の時間が流れた。

「ね、ねえ、いまの本気？」

身体を捻ったまま、汐里は顔から手を離すと悠人の腕にそっと自分の手を触れさせてきた。

切れ長の黒目の大きな瞳が少し潤んでいるような感じに見えたのは、お酒のせいだろうか。

「もしあなたがいいのなら……見てみる？」

恥じらいながらボソボソとした声で、汐里は悠人のワイシャツを脱いで剝き出しの腕に軽く爪を立ててきた。

「み、見たいです」

美人弁護士が見せる自信なさげな少女のような態度。それが悠人の胸を強く締めつけた。

気がついたら悠人は大きく頭を縦に何度も振っていた。

「うん……」

こちらを見ないまま、汐里はブラウスのボタンを外していく。タイトスカートの下半身は横座りで生脚だ。

艶々《つやつや》としたスネの辺りに電灯の光が反射して白く輝いていた。

「恥ずかしい……」

ボタンをすべて外した汐里はブラウスをスカートから引き抜いた。その下には薄いブルーのブラジャーがある。

レースのあしらわれたカップはしっかりとしたものなのに、上から乳肉が大きくはみ出している。

そして彼女が背中に腕を回すと、そのブラジャーは下に落ちていった。

（す、すごい……）

白い肉房がブルンと弾けて飛び出してきて、反動で小刻みに弾んでいる。

釣り鐘形の重量感のある巨乳はかなりの迫力で、乳輪部も少しこんもりと盛りあがっていて、成熟した二十九歳の色香をまき散らしていた。

(身体が細い分、よけいに巨大に見える)

筋肉の発達した早貴はもちろん、摩夜も萌美も全体的にムチムチとしている。

三人も太っているわけではないのだが、汐里は肩周りや腕などが驚くほど華奢《きゃしゃ》だ。

ウエストのくびれもかなりのもので、そんな細身のボディの前面で巨乳が揺れているのだから、悠人の目はもう釘付けだった。

「やだ……黙らないで、大きいだけでしょ私のおっぱい」

彼女が切なげに腰をよじらせると、ピンクの乳首も横揺れしている。まだ尖っていない先端部が清楚な雰囲気を見せていた。

「と、とんでもないです。すごくいいおっぱいです」

まだ彼女を怒らせてしまったらとビビる気持ちもあるが、悠人はほとんど本能で身を乗り出していた。

横座りの汐里の乳房の前に悠人は四つん這いで顔を突き出した。

「あ、やあん、そんなに近くで」

「すいません」

あまりに間近で見られて恥ずかしかったのだろうか、汐里は少し上半身をうしろに引いた。

この動きだけでバストが大きく弾み、白い肌が波打った。

「あ、謝らなくても、いいの……ああ……」

羞恥《しゅうち》に顔から首までも朱に染めた美人弁護士はまた小声でつぶやいたあと、目線を横に外した。

彼女はなんというか、バストに強いコンプレックスを持っているように思えた。

「フワフワと柔らかそうで、すごく興奮します。肌も綺麗だし」

ただそんな思いは持つ必要などないくらいに、汐里のバストは美しい。

いじらしい彼女と揺れる肉房に魅入られながら、悠人は四つん這いのまま片手を伸ばした。

「あっ、悠人さん、触るの、あっ」

悠人の指先が柔肉に触れる。一瞬でわかるくらいに乳肉がふんわりとしている。

驚きつつも汐里はもう逃げようとはせず、タイトスカートだけの身体をこちらに向けたままだ。

「こうして正面から見ても、身体が細いのに大きくて綺麗ですごいです」

悠人にしては珍しくちゃんとした褒め言葉を口にしながら、目の前にある乳首にしゃぶりついた。

「あっ、やあああん、ああ、悠人さん、あっ、そんな舐めかた、あっ、あああん」

薄桃色の乳首に舌を這わせると、汐里はすぐに淫らな喘ぎ声をあげた。細い肩がビクッと引き攣る。

その動きに合わせて片側の乳房が大きくバウンドする。悠人はそちらも手で揉みながらさらに乳首を吸った。

「あああ、あはん、あん、悠人さん、あっ、ああ」

汐里の身体からへなへなと力が抜けていき、そのまま絨毯の上に仰向けに倒れていった。

悠人もその動きに追従《ついじゅう》し彼女の上に覆いかぶさった。

「し、汐里さん、この先もいいですか？　それとも僕じゃいやですか？」

ここまでしておいてという気もするが、こういう状況でも悠人は性格が出てしまう。

ただこのセリフを言うだけでも悠人は勇気を振り絞っていた。

「悠人さんの、ああ、好きにして」

頼りない悠人に汐里は下から潤んだ目でつぶやいた。

「は、はい」

もうためらいなく悠人も目の前の巨乳を両手で強く揉みしだく。仰向けでもあまり脇に流れていない柔乳が手の中で大きく歪む。

指の間から飛び出してきたピンクの乳首も舌で強く転がした。

「あっ、ああっ、悠人さん、ああ、あああ」

汐里はただひたすらに喘ぎ、悠人に強くしがみついてきた。知的な雰囲気を持つ整った顔が快感に歪んでいた。

「もう全部見せてください」

悠人も完全に勢いがついている。身体を下にずらすと彼女のタイトスカートのホックを外して脱がせていく。

そのまま下にあるブラジャーと揃いの青いパンティも脱がせた。

「あっ、やだ、電気、あっ、見ちゃいや」

全裸となった美人弁護士はまた強い恥じらいを見せた。煌々《こうこう》と照らされるリビングの電灯の光の下に抜けるような白肌の細い下半身と、それに見事なコントラストを描いた密生する陰毛が晒されている。

「すごくエッチです、汐里さん」

彼女の陰毛はけっこう濃いめで、一本の毛も太いように思う。乳房にも負けないくらいに女の色香を見せつけるそこに、悠人は顔を持っていった。

「あっ、だめ、そんな、お口で、あっ、ああああん」

もちろんだが悠人は近くで見ているだけではない。ピンクの突起に向かって舌を突き出し、激しく舐め回した。

「あっ、ああああん、ああああ、そこは、ああん、汚いわ、ああん」

仰向けの身体をくねらせて、汐里は大きな喘ぎ声をリビングに響かせる。

もう全身がピンクに上気し、悠人が舐めるクリトリスの下にある膣口からは粘り気のある液体が溢れ出していた。

「んんん、たくさん出てきてますよ、汐里さん」

むずかりながらもしっかりと肉体を燃えあがらせている汐里をもっと追い込んでみたくなり、悠人はそんな声をかけながら指先で膣口を撫であげた。

「ああっ、いやあああん、言わないで、あっ、ああ」

もちろんクリトリスへの攻撃も休めていないので、汐里はもう腰を跳ねあげて感じまくっている。

背中も何度ものけぞり、巨大な乳房がブルブルと踊っていた。

「あああん、悠人さん、ああ、私、あああん、男の人を家に入れていきなりこんなことするの初めてなの、あああん、いつもは、しないのよう、ああ」

ヒクヒクと開かれた内腿を引き攣らせながら、汐里は自分の股間を舐めている悠人に訴えてきた。

「わ、わかってます、汐里さん」

汐里がそんなタイプでないことは見ていればわかる。なのにどうして悠人だけという思いはある。

萌美が言っていた、悠人が汐里の好みのタイプだというのが理由かもしれないが、いまそんなことを追及している場合ではない。

あまりよけいなことを考える必要はない。悠人はピンクのクリトリスを強く吸って膣口を掻き回した。

「ひあっ、あああん、だめぇえ、ああん、あああ」

絨毯の上で細身のボディがさらにのけぞり、だらしなく開かれている両脚がビクビクと引き攣った。

もう汐里のほうはのっぴきならない状態のようで、あの強気な瞳もとろんと潤んでいる。

「汐里さん、僕ももうこんなです」

悠人はズボンとパンツを脱ぎ捨て、汐里の両脚の間で膝立ちになった。

股間の逸物はすでにギンギンの状態で、彼女と同じように昂《たか》ぶりきっていた。

「えっ、なに……これ」

悠人の巨大な肉棒を目《ま》のあたりにした汐里は、予想通りというか目を丸くしている。

厚めの唇をぽかんと開いたまま、身体をゆっくりと起こしてきた。

「やだ、ええっ」

あまりに想定外のサイズだったのだろうか、呆然とした表情の汐里だが、そんな中で指を血管の浮かんだ竿の部分に這わせてきた。

「す、すごく固い」

驚きのままに汐里は悠人の野太い逸物を軽くしごきだした。

「だって、汐里さんを見ていると、抑えられません」

心の沸き立つままにそう言うと、汐里はじっと潤んだ瞳で悠人を見あげながら、あらためて四つん這いになり、自分の顔の前に肉棒を持ってきて二度三度としごいた。

「うっ、汐里さん、気持ちいいです」

なんというか彼女を前にすると、悠人は自分の心のうちを晒してしまう。

しっかりものの長女の持つ包み込むような優しさのせいなのか、滑らかな指が肉棒を這い回るとすぐに声を漏らしてしまった。

「そ、そう、嬉しいわ、もっと気持ちよくなって」

四つん這いになり引き締まったお尻をうしろに突き出している美人弁護士は、じっと亀頭を見つめながら竿をしごき続ける。

そして厚めの唇を開いて、亀頭の先端を舌でチロチロと舐め始めた。

「うう、汐里さん、くうう」

ざらついた舌が亀頭裏の筋の部分をねっとりと這っていく。悠人はまた声をあげ、膝立ちの身体をよじらせていた。

「すごい、大きいのがビクビクしてる……んんん」

悠人が感じていると汐里は少し微笑《ほほえ》んでから、さらに脈動する亀頭を激しく舐めあげていく。

奉仕好きの性格なのか、一生懸命に舐めてくれている。

「あう、ああ、汐里さん」

舌がエラや裏筋を舐めるたびに甘い快感に腰が震え、夢見心地で悠人は膝立ちの身体をよじらせる。

目線を下げると真っ白な背中と美しく丸いヒップ。その下ではよく見たら、早貴よりもサイズが大きいのではないかと思うような巨乳がフルフルと揺れていた。

「また大きくなってきたわ……お口に入るかな？」

巨大な亀頭がヌラヌラと光るくらいに舌で愛撫したあと、汐里は竿を握って悠人のほうを見あげた。

「無理しなくても……汐里さん」

もともと大きくすぎるくらいなので、無理にしゃぶってもらわなくていい。もとより舌での愛撫だけで達しそうなくらいに気持ちよかった。

「いいの、私がしたいんだから」

じっといきり立つ巨根を見つめたまま少し声を大きくした汐里は、大きく唇を開いて亀頭部を中に誘っていった。

「んんん、んくう、んんんんん」

なんとか亀頭を口内に飲み込んだあと、肩までの黒髪の頭をさらに前に出してきた。

舌の奥にある柔らかい部分に亀頭のエラがゴツゴツとぶつかった。

「んん、ん、ん、んんんん、ん」

かなり苦しいと思うが、汐里は躊躇する様子なく大胆に頭を振りたてる。

それどころか舌まで亀頭に押しつけて、裏筋に擦りつけてきた。

「くうう、汐里さん、うう、すごくいいです、うう」

悠人はもう呻《うめ》き声を漏らしながら腰をくねらせていた。

彼女のフェラチオには愛情や熱がこもっていて、肉棒全体が蕩けそうなくらいに気持ちよく、唾液にぬめった口内に溶けてしまいそうな感覚だった。

「んんん、んふ、ん、ん、ん、んん」

汐里のほうも上目遣いで悠人を見あげながら、ついには四つん這いの姿勢のままに、口腔の粘膜のすべてでしゃぶりあげる。

厚めの唇が大きく歪み、その端からヨダレが流れているのが淫靡だった。

「し、汐里さん、僕もう出てしまいます」

悠人はほとんど限界に近い。そう訴えたが汐里は身体の動きを止めずに、巨乳を弾ませながら激しいフェラチオを続けてきた。

「だめですって、最後は一緒に」

歯を食いしばりながら悠人がそう言って彼女の頭を押さえ、ようやく止まった。

「んん……ぷは……そのまま出してくれてもよかったのに」

唇を離した汐里は少し虚ろな目を悠人に向けてつぶやいた。その声色が妙にねっとりとしていて興奮をかきたててきた。

「最後までちゃんとしたいんです」

そう言って悠人はあらためてキスをした。彼女にしてもらいっぱなしでは申し訳ない。

そんな思いを込めて舌を激しく絡ませた。

「んんん、んく、んんん」

四つん這いの身体を起こしてそれに応じた汐里は、瞳を閉じて悠人の腕を摑み、舌を強く吸う。

目の前でわずかな動きにも反応して揺れる巨乳を悠人は揉み、乳首を軽く摘まんだ。

「んん、ぷは、あん、いや、あああ」

ソェラチオをしながらさらに興奮を深めていたのか、固く勃起している乳首を刺激されると、汐里は耐えきれないように唇を離して喘いだ。

悠人はそんな彼女をゆっくりと絨毯の上に倒していき、細く長い両脚を大きく割り開いた。

「あっ、いやっ、恥ずかしい」

さっき目前で舐めているのに、濃いめの陰毛や濡れたままの秘裂を見られると、汐里はまた両手で顔を覆った。

肉棒をしゃぶっていたときはあんなに大胆だったのに、自分の身体を見られるのは恥ずかしいようだ。

「いきますよ。汐里さんの中に入ります」

「ああ、来て、ああ、今日は大丈夫な日だから、いつでも悠人さんのいいときに」

手をずらして目だけを悠人に見せて、汐里はそんなことを言った。その目がまるで恥じらう少女のようだ。

「は、はい」

覚悟を感じる汐里の言葉に、悠人も腹をくくって怒張を前に押し出していく。

大きく開かれた細めの太腿の中央でずっと待ちわびているように開口している膣口に亀頭を押し込んだ。

「あっ、あああ、はああん、やっぱり、ああ、大きい、ああ」

亀頭が膣口を大きく拡張すると同時に汐里は顔を覆っていた手を離し、絨毯の上で背中を弓なりにした。

その動きに合わせて巨大な乳房がブルンと波を打って弾んだ。

「大丈夫ですか？　汐里さん」

あまりに強い反応に悠人は思わず腰を止めた。

「あっ、ああ……気にしなくていいの、ああ……」

呼吸が苦しそうな彼女が、心配になって肉棒を進めるのをためらったのだが、顔をあげた汐里の目は淫靡に蕩けていた。

半開きになった厚めの唇の間から湿った息を漏らし、懸命に訴えてきた。

「気にしないで、あああ、私をめちゃくちゃにしていいの、あ、ああ」

声を張りあげて汐里が言うと、同時に悠人は少し肉棒を動かした。

強烈な快感が突き抜けたのか、汐里はまたのけぞって激しい声をあげた。

(真面目な人でも身体はすごく熟しているんだ……)

大胆な早貴や萌美とは違い、どこか男を拒絶する雰囲気を持つ汐里に遠慮する気持ちがあった。

それを捨てて悠人は目の前の二十九歳の肉体をとことん感じさせようと、一気に怒張を突き出した。

「あっ、あああ、すごい、あああん、あああ」

巨大な逸物が媚肉を引き裂いて最奥に達する。そこからさらに子宮口を押しあげるように亀頭が食い込んだ。

「こんなに深いの、あああ、お腹のほうまで」

悠人の巨根に戸惑う様子を見せながらも、汐里は激しくよがり泣いている。

絨毯の上で仰向けになった、白く細い身体が一瞬でピンクに上気し、開かれた内腿がヒクヒクと引き攣っていた。

「入れただけで終わりじゃないですよ」

むちゃくちゃにという彼女の思いに応えるように、悠人は激しいピストンを始めた。

太く逞しい怒張が膣口を出入りし、愛液が外に飛び散った。

(奥がすごくざらついている……)

そして悠人は彼女の媚肉の特徴にも気がついていた。膣の最奥の辺りが細かい粒があるような感触で、そこに亀頭が擦れるとたまらなく気持ちいい。

(カズノコ天井……)

悠人も初めてだが、まさにカズノコが擦りつけられているような感覚で、悠人はさらに激しく奥に亀頭をピストンしていた。

「はうん、あああ、これ、あああ、深い、ああん、あああ」

そんな強い攻撃をすべて受けとめ、汐里は絨毯の上で白い身体を淫らにくねらせる。

頬や耳は真っ赤に染まり、全身から淫らな香りが沸き立っていた。

「あああっ、ああ、すごいい、あああん、私、ああ、だめになってるう」

膝立ちになって自分を突く悠人の太腿を握り、汐里は快感に溺れていく。

「だめになってください、汐里さん」

夢中で汐里の奥に向かって悠人は巨根を振りたてた。

細い胸板の上で、アンバランスなくらいに膨らんだ巨乳が淫らなダンスを踊る。

「おっぱいもすごいです。千切れそうなくらいに揺れてる」

悠人は腰を使いながら思わず手を伸ばして波打つ巨乳を握りしめた。指がどこまでも食い込んでいき白い柔肉が絞り出された。

「あああん、あああ、だって、あああ、Ｈカップもあるから、あああ、歩いただけでも揺れていやなのよう、ああん」

悩乱している様子の汐里が大きく唇を割り開きながら叫んだ。肋骨《ろっこつ》が少し浮かんだ胸板にＨカップのボリュームのバストでは、落差がとんでもなかった。

「すごく柔らかくて素晴らしいおっぱいです。僕、好きです」

肌も滑らかだし乳肉もかなり柔らかいので、吸いつくような感触だ。揉んでいるだけでも幸せな気持ちになり、悠人は腰と同じくらいに手も動かしていた。

「あああん、嬉しい、あああ、おっぱい好きって言ってくれて。ああ、ねえお願い、ああ、乳首もしてぇ」

切なそうな顔を悠人に向けて汐里は訴えてきた。肉棒に翻弄される中で彼女は自分の中にある淫らな本性をさらけ出そうとしているように思えた。

「は、はい」

悠人もその姿を見てみたい。肉棒のピストンを加速させながら、乳房を強く揉みしだき、爪先で乳首を引っ掻いた。

「あああん、ああ、いい、ああ、もっと強く、あああああん」

仰向けの細い身体がビクッと強い反応を見せる。それでも汐里はまだ足りないと叫びをあげた。

ならばと悠人は乳房から手を離し、両の乳首を強くつねりあげた。

「ひ、ひいいいい、あああ、あああん、いい、ああ、汐里、おかしくなる」

つい力が入りすぎてしまい痛かったのではないかと思ったが、汐里は自分自身の名前を呼びながら感じまくっている。

ピンク色の乳首を摘まみながら捻ると、ほとんど脂肪のない下腹部が大きく波を打って引き攣った。

（ちょっとマゾッ気もあるのかな……）

興奮してくると汐里は強く責められたいという思いを見せてくる。弁護士のときの彼女はプレッシャーも強くサディスティックな雰囲気を持つ美女だが、裏の顔は男に弄ばれたいという願望があるのだろうか。

「汐里さん、もっと強くしますよ」

まさに二面性といった本性を晒す美女を、悠人はこれでもかと責めていく。乳首を強くひねりながら、怒張を激しくピストンする。濡れ堕ちた膣奥に野太い逸物が激しくぶつかる。

「あああ、汐里さん、くうう」

カズノコ状の媚肉が亀頭のエラを擦ってたまらないが、イキそうになるのを堪《こら》えながらひたすらに彼女の股間に腰をぶつけた。

その突きあげが激しすぎて、摘まんだ乳首の下でHカップの豊乳がブルブルと波を打っていた。

「あああっ、すごい、あああん、おかしくなっちゃう、ああ、あああ」

絨毯を両手で掴んだ汐里はもう美人弁護士の仮面は脱ぎ捨て、ただ快感に喘ぎ泣いて腰を震わせている。

だらしなく開かれた両脚もずっと引き攣りっぱなしだ。

「ああ、とってもエッチです、ああ、汐里さん」

悠人も同じく、ずっと身も心も昂ぶっている。少しでも油断したら暴発しそうな状態で歯を食いしばって耐えていた。

「あああん、だって、だって、あああ、悠人さんのが、すごいからあ、ああ、汐里を狂わせるのよう、ああん、あああ」

そう叫びながら汐里はさらに淫情を燃やしている。己が淫らであることを認めるとマゾの性感が煽られるのだろうか、膣肉がぐっと狭くなった。

『僕のなにが、うう、気持ちいいですか？」

言葉を出すのも辛いくらいの快感をギリギリで耐えている状態の悠人だったが、彼女を追いつめるべく声を振り絞った。

「あああん、ああ、おチ×チン、悠人さんの大きくて固いおチ×チンが汐里をおかしくするのよう、あああん、ああ、もうっ」

弁護士の彼女が淫語を口にする姿は、なんとも男の欲情をかきたてる。そんな満足感を覚えたのもつかの間、汐里が大きく背中をのけぞらせた。

「も、もうイク、イッちゃう」

感極まってきたのか汐里は妖しく蕩《とろ》けた瞳で悠人を見あげた。真っ赤に上気した頬や額には汗が浮かび、半開きの厚めの唇がセクシーだ。

「イッてください、僕もイキます」

限界が近いのは悠人も同じだ。力を込めて膝立ちの身体全体を使って腰を振りたて、両の乳首を摘まんだ。

怒張が愛液を垂れ流す膣口を高速で出入りし、ピンク色の二つの突起が男の太い指の間でギュッと押しつぶされた。

「あああっ、いい、あああん、イク、イク、もうイク」

視線を宙にさまよわせた美人弁護士は、リビングに絶叫を響かせながら絨毯の上で弓なりになって頂点に向かう。

こちらも朱色に染まった細い脚がビクビクと引き攣り、内腿が痙攣を起こした。

「僕も一緒に、おおおおお」

悠人は肉棒を膣奥に向かって突きたてながら、摘まんでいる両乳首を真上に向かって引っ張った。

胎内でエラの張り出した亀頭部がぐりっと濡れた女肉に食い込み、胸板の上では乳房が上に向かって変形する。

「あああ、それだめえっ、あああ、イクううううう」

乳首と膣奥からの強い快感に目を見開き、汐里は足先までピンと伸ばして頂点を極めた。

細腰がのけぞり白い下腹部が波打つ。大きく唇を割り開き舌まで覗かせながら、汐里は恍惚《こうこつ》として瞳を泳がせた。

「僕もイキます、おおお」

ざらついた媚肉に亀頭を擦りつけながら、悠人も腰を震わせた。

膣奥で亀頭が膨張し熱い精子が飛び出して、中を満たしていった。

「あああっ、悠人さん、あああ、汐里の中にいっぱいちょうだい、ああ、またイク」

夢中でそう訴えながら、汐里は断続的にわき起こる絶頂に身悶えている。

それは何度も続き、首筋やあごの裏を見せながら細い身体が絨毯でのけぞる。

「はいいい、くう、まだ出ます」

繰り返しなのは悠人も同じで、脈動する膣肉に搾り取られるように、子宮にまで届きそうな勢いで射精を繰り返した。

「ああん、ああ、まだ私、イッてる、ああ、ああ」

「僕も、くうう、止まらない、ああ」

二人は無意識に手を握り合いながら、絶頂に全身を震わせ続けた。

「はあはあ」

あまりに激しい行為と絶頂に、悠人は全身の力が抜けてしまって、仰向けの彼女の横に崩れ落ちた。

互いの手はいまだ握り合ったままだが、二人共に虚ろに天井を見あげて動けない。

早貴としたときも肉体的にきつかったが、ここまでの経験は悠人も初めてだ。

（すごかったな……）

隣で仰向けのまま呼吸を荒くし、華奢な身体の上にのった巨乳を揺らしている汐里のほうに顔を向けた。

まだ汗が浮かんだ顔は満足げに見える。そして女の色香も際立《きわだ》っていた。

「いっ、いやっ」

悠人が見ていることに気がついた汐里は、顔を反対側に背《そむ》けた。

「どうしたんですか？」

「見ないで、私、とんでもない恥ずかしい言葉を」

汐里はさらに身体を横に向けて背中を丸めて恥じらいだした。自分が淫語を口走り欲望のままにイキ果てたことが恥ずかしいのだ。

「僕もすごく汐里さんに無茶をした気が……」

悠人も身体を横に向け、汐里の背中にそっと寄り添った。手を彼女の腰に回して軽く抱きしめる。

相変わらず気の利いた言葉は言えないが、彼女のことを笑ったりする気持ちは一片もない。

「ああ、悠人さん」

悠人の手に自分の手のひらを乗せて汐里は小さくつぶやいた。言葉は交わさなくても彼女が安心した気持ちであることは伝わってきた。

「えっ、誰っ、萌美？」

そのとき近くのテーブルに置かれていた汐里のスマホが鳴った。弁護士の仕事のことかもしれないと思ったのか汐里は慌てて身体を起こしたが、画面に表示されているのは妹の名前だったようだ。

「もしもしお姉ちゃん、もしかして悠人さんいる？　電話に出ないんだけど」

汐里がスピーカーホンにして電話に出たので、悠人も慌てて自分のスマホを見た。

呼び出し音をオフにしていたので聞こえなかったが、何件も着信があった。

「私、契約書の控えを受け取ってないから電話したんだけど、出ないの」

カバンの中の封筒を見ると彼女に渡さなくてはならない分の書類が残ったままだ。

契約書は通常同じ物を一通ずつ保存するものなので、悠人の渡し忘れだ。

「す、すいません、明日、お店にお届けします」

営業マンとしてミスをしでかし、焦るあまりに悠人は汐里のスマホに向かって声をあげていた。

「あらあ、やっぱりそこにいたんだ悠人さん、あはは」

黙っていれば萌美が知ることはなかったのに、悠人が声を出したがために姉のマンションにいるのがバレてしまった。

萌美は楽しげに声を弾ませながら、電話の向こうで大笑いしている。

「お姉ちゃんもあの大きいのとしちゃったかあ、ははは」

姉と悠人が関係を持ったというのもわかっているのか、萌美は続けて言った。

「えっ？　ちょっとお姉ちゃんもってどういう……」

さすが弁護士、言葉尻にすぐ反応して、眉間にシワを寄せた顔で妹の声が聞こえるスマホと悠人を交互に見た。

「あわわわ」

もう悠人は泡を食ってしまい、なにも言えない。ただこの態度では姉妹と関係をもったというのは認めているも同然だ。

「あー、じゃあ悠人さん、明日持ってきてくださーい。じゃあね」

まずい状況になったと察したのか、萌美は簡単に電話を切った。逃げられる彼女はいいが悠人はどうしようもなく、ビビりながら情けない顔で汐里を見るだけだ。

「ふーん」

汐里はそれだけ言ってしばらく考え込む。シンプルな家具のリビングに流れる沈黙が恐怖を助長する。

「悠人さん」

そして汐里はなにかを決意したように切れ長の瞳を悠人に向けた。

「ひゃ、ひゃい」

悠人はもう泣きたい気持ちで、裸のまま絨毯の上に正座した。巨根も情けないくらいに萎んでいる。

「私、萌美には負けないから」

強い言葉で汐里は言って悠人の腕を摑んだ。細くしなやかな感じのする身体の前で、たわわな巨乳がブルンと弾んだ。

第五章　女帝たちの中出し饗宴

汐里と悠人はどちらが告白したとかはなかったが、なんとなく一緒に過ごす時間が多くなっていた。

彼女と関係を持ってから二週間程度が経っただろうか、互いのマンションを行き来しているような状況だ。

「美味しいです」

「ありがとう……でも敬語はやめて」

「いやあ、でもつい」

汐里の部屋のリビングに敷かれた絨毯の上に並んで座り、小さなテーブルを共有して朝食を摂っている。

そんな会話をしながら二人は照れ合って顔を赤くしている。悠人がちらりと彼女の顔を見ると、切れ長の瞳をさっと背けた。

そんな少女のような仕草もなんとも魅力的だ。

「今日はごめんね、仕事がいつまでかかるのかわからなくて」

弁護士の仕事というのはかなり不規則な感じで、裁判などがあれば資料作りで夜中までという場合もけっこうあるようだ。

「大丈夫です、僕も今日は遅くなりそうですし」

女神たちのおかげか、最近は契約もボチボチ取れている。摩夜のところからも追加の注文が入って社長はさらにホクホク顔だ。

「うん」

少し憂いのある目をして汐里が頷いた。なんだかさみしそうにしている。

「会えないのはさみしいですけど、汐里さんに」

悠人はうつむく彼女にそう言った。彼女はかいがいしく悠人の世話をしてくれる。その分、一緒に過ごす時間が少ないと今日のような顔をすることが多かった。

「うん、私もさみしい」

ようやくこちらに顔を向けた汐里の唇に悠人はキスをする。すでにブラウスとスカート姿の彼女の胸を同時に軽く触った。

手のひらに乗せるとすごい重量感がある。細身の身体にはあまりに不似合いなボリユームと言えた。

「あ、やあん、朝からだめ」

汐里が思わず唇を離して言った。昨日もさんざん求め合ったし、剥き出しの乳房も揉みしだいたというのに羞恥に顔を赤くしている。

「だってこのおっぱいが素晴らしすぎて」

悠人は下から、ブラジャーに包まれている巨乳を大きく揺すった。

「ああ、悠人さんのエッチ、ああ、朝なのに」

別に性感帯を直接刺激しているわけでもないのに、汐里はなんだか切ない声をあげて腰をよじらせている。

はたから見たら完全にバカップルだろうが、こんなやりとりも楽しかった。

「あ……」

まだ着替えをしていない悠人はパジャマ姿のままだが、汐里の甲高い悲鳴を聞いて肉棒が立ちあがり始めていた。

昨日もしっかり二回も射精したはずなのに、元気すぎる愚息だ。

「もう悪い子ね、悠人さんのここは」

一瞬驚いたような顔を見せた汐里だったが、すぐに妖しい笑みを浮かべて手を悠人の股間に伸ばしてきた。

恥じらいの強い性格なのに、一方で大胆で淫らな顔も見せる。真面目で堅物の弁護士姿といい、彼女はいったいいくつの顔を持っているのだろうか。

「もうこんなに固いのね」

パジャマの布越しでも彼女の柔らかい指先でこねられると、愚息はあっという間に完全勃起していく。

股間に張ったテントを見つめながら、汐里は顔を寄せてきた。

「わ、汐里さん、うそ」

悠人のパジャマズボンとパンツを同時にずらし、飛び出してきた逸物に汐里は唇を押しあてていく。

ピンク色をした唇が、優しく亀頭を包み込んできた。

「うっ、汐里さん、お仕事が、ううう」

男の敏感な部分に温かく濡れた粘膜を感じて、悠人は座ったまま背中を震わせた。

最初はかなりその巨大さに驚いていた汐里だが、もういまは臆《おく》することなく亀頭を口内に飲み込んでいく。

「んんん、んく、んんんんん」

出勤時はいつも黒髪を頭の上でまとめている頭が大きく上下し、舌や口腔の粘膜が亀頭のエラや裏筋に絡みつく。

そのまま大きな動きで唾液をまとわりつかせて、しごいてくるのだ。

「ああ、汐里さん、うう、時間は、うううう」

気にしてはいるものの、悠人は一切身体を動かせない。白のブラウスにタイトスカートの凜とした女弁護士が肉棒をしゃぶる姿に、とてつもなく興奮していた。

「んんん、大丈夫、まだ余裕があるわ、んんんん」

一度、肉棒を口から出して笑顔を見せたあと、汐里は唾液に濡れた唇を大きく開いて再び飲み込んでいく。

こんどはもっと深くに亀頭を誘い、鼻を鳴らして頭を振りたててきた。

「んんく、んん、ん、ん、ん」

彼女も興奮状態にあるのだろうか、大胆に頭を揺すりフェラチオに熱中している。

亀頭はかなり奥まで入っているので、苦しさもあると思うがお構いなしだ。

「ああ、汐里さん」

閉じたり開いたりする彼女の切れ長の瞳がしっとりと潤み、なんとも妖しげな雰囲気を醸《かも》し出している。

早朝から淫らな雰囲気を全開にする二十九歳のブラウスの中で、巨乳がユサユサと弾んでいた。

「ああ、汐里さん、もう僕出てしまいます」

あっという間に感極まった悠人は情けない声を漏らした。スーツを着た女弁護士のフェラチオは快感を何倍にもしていた。

「んんん、んく、んんん」

もう射精が近いと告げても汐里の頭の動きは止まらない。もう肉棒の根元がビクビクと震えている状態なので一刻の猶予《ゆうよ》もない。

「んんん、んふ、んんんん」

頭を振りながら悠人の手を握り、汐里はさらに頬をすぼめて粘膜を擦りつけてきた。このまま口内で出して欲しいという意味なのだろうか。

「くうう、もう出ます、ううっ、イク」

悠人は限界を迎え、汐里の手を強く握り返しながら腰を震わせた。

怒張の根元が強く締めつけられ、射精の発作が始まった。

「んんん、んく、んん……ん……」

昂ぶりきった逸物がビクビクと痙攣し、粘っこい精液が放たれていく。

一瞬、目を見開いた汐里だったが、頭の動きを止め喉を鳴らして精液を飲んでいく。

「ううっ、汐里さん、うう、くうううう」

あまりの心地よさに射精は何度も続くが、それをすべて汐里は飲み干していく。

悠人の逸物の巨大さのせいであごが裂けそうに思えるくらいに開いているが、どこかうっとりとした表情で呑み続けていた。

「ううっ、くう、ああ……」

何度も鼻から抜けるような声をあげたあと、すべての射精が終わった。

これから仕事だというのに、満足感で身体の力が抜けていた。

「んんん……ああ……全部飲んじゃった」

ようやく唇を離した汐里はゆっくりと悠人の股間から顔をあげて見つめてきた。

唇にまとわりついた白い精液と恍惚とした切れ長の瞳が、匂い立つような淫女の色香をまき散らしていた。

「ああ……でも……これから依頼主に合うのに飲んでからいくなんて、私悪い子かな」

そして少し慌てて汐里は気にし始めた。あれほど大胆にしゃぶっていたというのに。

「たぶん誰も気がつきませんよ、はは」

そんな彼女が愛おしくて悠人は思わず微笑んでしまった。

今日は社用車は使わずに電車とバスで移動していた。古い商店街などにあるお店を回るつもりなので、こっちのほうが小回りが利いてよかった。

いままでは飛び込みの営業はいつもビビりながら声をかけて、けんもほろろに追い返されることが多かったが、いまはほとんどのお店でカタログと名刺くらいは受け取ってもらえるようになっていた。

それが悠人にとって少しは自信になっていた。

「うわっ」

大通り沿いの歩道を歩いていると、突然すぐ横に外車が停まった。

それもただの外車ではない、車体は大型な上、ガラスもスモークでＶＩＰが乗るようなリムジンだ。

驚いて飛びあがった悠人の横でほとんど音もなく曇ったウインドゥが開いた。

「ずいぶんとご無沙汰じゃないか、悠人」

現れたのはカールのかかった黒髪に赤いルージュの美熟女、摩夜だった。

相変わらず口元は微笑んでいるがその切れ長の瞳には迫力がある。弁護士のときの汐里とは、まったく異質のプレッシャーだ。

「機械を売りつけたあとはほったらかしたあ、いい度胸だね」

摩夜と話すのはあの日以来だ。いつも対面で話すのは早貴だけなのだが、売りあげがあったときは彼女経由でお礼の手紙だけは送っていた。

「す、すいません、はいいいいい」

なんの用事もなしに摩夜のところに遊びにいくなど、出来るはずもないからだ。

そしていまも、こうして凄まれるだけで震えあがっていた。

「よっ」

摩夜は後部座席にいるのだが、助手席側の窓も開いた。運転席には早貴がいてこちらに向かって笑顔で手をあげていた。

「とりあえず乗りなよ」

早貴が手招きをしてそう言った。

「ひ、はいい」

もちろんだが断る度胸などあるはずもない。悠人は慌てて助手席のドアを開けようと手を伸ばす。

「なにしてんだ。こっちに乗るんだよ」

ドスの利いた声が後部座席のほうから聞こえて来た。

「はいいい」

背筋を伸ばした悠人は、開きかけていた助手席のドアを慌てて閉じた。

フカフカと身体にフィットしそうな後部座席のシートだが、悠人はもたれるなど出来るはずもない。

シートベルトをしたまま背筋を伸ばし、両手を膝の上に置いて座っていた。

「くくく、なんだよその顔」

ルームミラー越しに悠人を見た、運転手の早貴がおかしそうにつぶやいた。

(ひえええ)

悠人は返事も出来ずに隣を見る。そこには黒いドレス姿でふくらはぎを見せつけるように脚を組んだ摩夜が座っている。

車が走り出してから摩夜は一言もしゃべらず、難しい顔で前を向いたままだ。

(もう勘弁してください)

その無言の時間が悠人にとってはまさに地獄だ。摩夜がなにを考えているかなどわかるはずもなく、ただただビビり、生きた心地がしなかった。

「あんた」

しばらく走ったあと摩夜がぼそりとつぶやいた。

「は、はい」

それだけで悠人は慌てて背筋を伸ばし直した。

「最近、女弁護士とずいぶん仲がいいらしいじゃないか」

こちらは一切見ないまま、摩夜は切れ長の瞳を鋭くしている。

そして悠人は驚きに目をひん剝いた。

「ど、どうして」

汐里と毎日のように会っていることは、早貴にも話していない。その早貴とも直接顔を合わせるのは久しぶりで、話したのは汐里とそういう関係になる以前だ。

なぜ摩夜はすべてを知っているというような顔をしているのか。

「この街のことはいろいろと情報が入ってくるのさ、例えばあんたと女弁護士が仲よさげにどこどこのスーパーで買い物してたとかね」

ようやく摩夜は少し笑みを見せて顔を悠人のほうに向けた。まったく年齢が読めない美しい素肌の彼女の口角はあがっているが、目は一切笑っていないように思えた。

（ひいい）

そのプレッシャーに悠人はもう悲鳴も出ない。それにしても買い物に行っていたとかまでの情報まで入るとは、S市の女帝の名は伊達《だて》ではないようだ。

「もうちゃんと付き合ってんのかい？」

摩夜は変わらずシートに身を預けたまま、こちらは背筋を伸ばしている悠人に怖い顔で問うてきた。

この前より少し身体にフィットしている感じのドレスの胸元は大きく開いていて、白い巨乳の谷間が見える。ただあの柔らかさを思い出す余裕など持てなかった。

「い、いえ、それは、ただいつも一緒にいるだけというか、勇気がないというか」

そう悠人はちゃんと汐里に意志を確認したわけではない。なにしろ、しがないセールスマンと女弁護士ではあまりにつり合いが取れず、自分から恋人にという言葉はなかなか出せずにいたのだ。

「はは、相変わらずヘタレだねえ、はは、あの女もそういうことには弱そうだしね。普段は生意気なくせにね」

ここでようやく摩夜が声をあげて楽しげに笑った。

「ま、摩夜さんは汐里さんのことを……」

摩夜の態度を見ていると、察しの悪い悠人でもなにかの関わりがあるのは感じられた。

もしかして摩夜のところの顧問弁護士とかと思うと、なぜか背筋が震えた。

「汐里の奴が代理人として何回か摩夜さんに突っかかってきたことがあるのさ。まあ弁護士が来たりするのは日常茶飯事なんだけど、あいつは引かないからねえ」

運転席から早貴の声が聞こえてきた。萌美の店で早貴と汐里が会ったときのバチバチと火花が散るようなやりとりは学生時代の因縁《いんねん》だけではなかったのだ。

「ふん、小娘がうっとうしいったらありゃしないよ。まあ悠人、あんたを独り占めしていないところだけは褒めてやろうかねえ」

汐里のことを小娘と呼べるのは摩夜だけかもしれない。そんな彼女は急に声を明るくして悠人の股間の辺りを見た。

「確かにそれなら問題なしでしょ。まあ結婚してるわけじゃないから訴えられる筋合いもないわけですしね、あははは」

わけがわからず目を泳がせる悠人に対し、運転席の早貴はすぐに察して笑い返した。

「じゃあいまから向かいますか？」

「ふふ、そうだねえ、任せるよ」

二人の間にはあうんの呼吸があるのか、早貴の短い言葉に頷いて、摩夜は再び前を向いた。

「あ、あのどこに行くんですか？」

ただ悠人は生きた心地がしない。向かうというのは処刑場のことだろうか、震える声で恐る恐る聞いてみた。

「あんたは黙ってついてきな」

じろりとこちらを見て摩夜は声を荒くした。

「ひゃい」

一発で震えあがり、悠人はシートで飛びあがりかけた。その姿をミラー越しに見て、また早貴が大声で笑った。


「あのう、ここはいったい」

連れて行かれたのはS市の外れにある山の麓《ふもと》だった。ほんとうに生き埋めにされるのかと泣きそうだった悠人たちを乗せたリムジンが停まったのは、一軒のラブホテルの駐車場だった。

「摩夜さんが経営してるホテルのひとつだよ。一番いい部屋だぜ」

キングサイズを遥かに超えるような大型ベッドに身を投げ出した早貴が悠人に笑顔

を向けた。

今日もブラウスにパンツ姿の筋肉質の身体が弾み、一緒にGカップのバストも揺れていた。

「ここもって」

一番というだけあって悠人も経験がないくらい、ラブホテルとは思えない広さだ。部屋の内装《ないそう》やソファー、テーブルも高級品だとなんとなくわかる。ただいやらしい派手さはないことにセンスを感じさせた。

「まあ金持ち連中もこういうホテルを使いたがる人間はいるからね。全部の部屋の値段を高くした高級ラブホテルってところさ」

すぐにソファーにどっかりと座った摩夜は、黒ドレスの裾から白い脚を見せつけながら立ち尽くす悠人に向けていった。

そういえば部長の行永が摩夜はどれだけの商売をしているのかわからないと言っていたが、ほんとうに底知れない女帝だ。

「あのーそれで、ここでいったいなにを」

嫌な予感はずっとしているが、悠人はいちおう聞いてみた。

「なにをって、ラブホテルに来たらやることはひとつだろう。あんたはラブホで体操でもしたことがあるのかい」

不敵に笑った摩夜は悠人の股間をじっと見てきた。

「そうそう、さあ脱いだ脱いだ」

ベッドから勢いよく飛び起きた早貴が、その反動のままにジャンプし悠人の前に着地した。

大柄な身体なのに信じられないくらいの素早い動きに見とれていると、早貴は悠人のジャケットを強引に剝ぎ取った。

「ちょっと早貴さん、僕は」

最近は汐里以外の女性のことを考えるのも少なくなっていた。それが摩夜を怒らせているのはわかっているが、すんなりと他の女性とします、とは言えない。

「だから付き合っていないのか確認したんだよ。あんたはいまのところ誰のものでもない、そうだろ」

大きな瞳を悠人に向けて意味ありげに微笑んだ早貴は、さらにシャツの前ボタンまで外していく。

彼女とは比べものにならない、華奢《きゃしゃ》な上半身を露出《ろしゅつ》した悠人の乳首を指で強く摘まんできた。

「さっ、早貴さん、くうう、だめですって、はうっ」

男でも敏感な乳首をこね回されて悠人は腰砕けになる。早貴の力加減は絶妙というか、痛みを感じる寸前で摘まんでいて奇妙な心地よさがあった。

「そんな声出しといて、いつまでぐずってんだい。腹くくりな」

立って向かい合ったまま早貴に乳首を嬲《なぶ》られて間抜けな声を出す悠人にそう言った摩夜が、ソファーから立ちあがってドレスを脱ぎ捨てた。

豊満な白い身体に黒の高級そうなブラジャーとパンティがある。色白の肌や彼女のキャラクターに黒の下着は似合いすぎていた。

「こっちのほうはどうなんだろうねえ、いやがってるのかい」

黒下着からはみ出している乳肉やヒップを揺らしながら悠人の背後に立った摩夜は、両腕を伸ばしてくる。

器用に悠人のベルトを外してあっという間にパンツまで脱がし、肉棒を摑んでしごき始めた。

「くう、だめですって、摩夜さん、あうっ」

逃げたいが早貴にしっかりと乳首を固定されているので、身体を動かすのもままならない。

背後の摩夜はそんな悠人のモノを両手でしごいてきた。

「あう、はううう、摩夜さん、くううう」

滑らかな熟女の指が絡みつくように竿から亀頭を擦りあげてくる。

悠人の愚息がこれに反応しないはずはなく、本人のためらいとは裏腹にあっという間に天を突いて勃起した。

「こっちも始めるよ」

呻き声をあげた悠人の顔を見てにやりと笑った早貴は、恐ろしい勢いで服を脱ぎ捨てていく。

彼女にしては可愛らしめのデザインのピンクのブラジャーとパンティに見とれる暇もなく、Gカップのバストと黒い陰毛を晒して全裸になった。

「ふふ、なんだかんだ言ってギンギンじゃねえか」

肩や二の腕の筋肉が盛りあがった早貴の裸体を見るのも久しぶりだ。腹筋が浮かんだ引き締まったウエストや筋肉に脂肪が乗ったしっかりとした太腿も芸術品だ。

彼女はその膝を、肉棒をしごかれながら立つ悠人の前につくと、丸みの強い乳房を両手で持ちあげた。

「あうっ、早貴さん、それだめです、くう、ううう」

柔乳が真ん中に寄せられ、怒張をしっかりと挟み込んできた。ピンク色をした乳首が中央でぶつかりそうなくらいに双乳が圧力をかけながら上下運動を開始した。

しっとりとした肌が密着したまま亀頭を擦り、悠人はそれだけで腰を震わせた。

「悠人の感じてる顔好きだよ。もっと気持ちよくなってくれ」

喘ぐ悠人の顔を嬉しそうに見あげながら、早貴はさらにパイズリの速度をどんどん速くしていく。

亀頭のエラや裏筋をこれでもかとしごかれ、悠人はもう膝が崩れそうだ。

「はうう、でも僕は、くうう、あああ」

快感が凄まじくて飲み込まれそうになるが、頭には汐里の顔がちらつく。ただ情けないが腰はもう動かせない。

「そんなに声出しといてよく言うねえ。ほらこっちはどうだい？」

ボディガード役の早貴が前で揺らす乳房の中で肉棒から先走りの白液が迸るのを見ながら、摩夜はまた妖しげに囁いた。

そして彼女は悠人のお尻に肉棒から離した手を滑らせると、なんとアナルに指を押し込んできた。

「はっ、はうっ、そこは、ええ、なにを、あううう」

予想もしていなかった攻撃に悠人はびっくりして腰を引き攣らせる。黒いブラジャーの胸を悠人の背中に押しつけた美熟女は、グリグリと動かしながら肛肉を刺激する。

アナルを責められるのは初めてだが、肛門が開く感じがなんとも心地よく、悠人は大きく背中をのけぞらせた。

「ふふ、敏感な子だねえ、いいよ好きなだけ感じな」

摩夜は指にピストンの動きを加え、縦横無尽に悠人のアナルを責めてくる。肛肉が開くときの開放感がたまらない。

「あうう、くうううう、も、もう、許してください、あうう、ううう」

前はパイズリ、うしろはアナル責め、美女二人の同時攻撃に悠人はもう立っているのも辛い。

背後から摩夜が抱きしめてくれているのでなんとかバランスがとれているような有様だった。

「ああ、悠人のチ×チン、すごく固くなってるよ。ああ、見てるだけでおかしくなりそうだ」

そんな悠人の足元に膝をついている早貴も、その大きな瞳を一気に妖しくしている。

パイズリをやめた彼女はこんどは唇を大きく開き、亀頭を飲み込んで大胆に頭を振り始めた。

「はううう、くううう、早貴さあん、あううう」

悠人は抑えることもなく快感の声をあげた。口腔の粘膜を絡みつかせ亀頭のエラや裏筋を強く擦りあげるフェラチオに、もう頭がおかしくなりそうだ。

「んん、んく、んんん、ん、ん」

もう早貴は肉棒に集中しているのか、悠人のほうを見あげることなく目を閉じてねっとりと舌まで絡ませて吸いあげる。

その様子は自分のすべてを肉棒に委ねているような感じで、早貴のような腕っ節の強い女が身も心も蕩けさせている姿は、悠人の牡《おす》の本能をかきたてた。

「んんん、あふ、んんんん、んんんん」

さらに早貴はしゃがんだ状態の下半身の真ん中に手をあてがい、女の部分を自ら愛撫し始めた。

「あああ、気持ちいい、くううう、あああ」

クチュクチュと粘っこい音まで聞こえてくる。漂ってきた愛液の淫靡な香りにも鼻を刺激されながら、悠人も快感に浸りきっていく。

「さあ悠人、いつまで女に恥をかかせる気だい？　早貴はね、あんたのために私の店の浄水器を全店チェックして回ったんだよ」

悠人のアナルを嬲りながら、摩夜はそんなことを囁いてきた。

「もちろん通常の仕事外でね。プライベートの時間も使ってあんたに売りあげをあげさせようとがんばってたのさ」

早貴がそこまで自分のためにしてくれていたとは気がつかなかった。いつも明るく電話やメールをしてくるので感じ取れなかった。

「ううううっ、早貴さん、あうううう、くううう」

自分はなんと鈍感な男なのだろうか。そんな思いに囚われると早貴の強いしゃぶりつきの快感もさらに強くなる。

悠人はもう懸命に早貴の名前を叫んで腰を突き出していた。

「くうう、ううう、んんん、んんん」

早貴はそれを喉奥で受けとめて強く吸ってきた。もう肉棒は痺れきり根元がビクビクと引き攣った。

「恩返しをするつもりはないのかい、ほら早貴に」

摩夜は少し声を大きくして言うと、悠人のアナルから指を抜き取った。

「んんん……ああ……悠人……」

やはり二人にはあうんの呼吸があるのか、早貴もフェラチオをやめて肉棒を唇から出した。

まさに射精の直前でビクビクと脈打つ怒張が彼女の唇からこぼれ落ち、唾液が糸を引いていた。

「悠人、お願い。私もう、たまらないんだ」

うっとりと蕩けた大きな瞳を悠人に向けたあと、早貴は背中を向けてベッドのほうを向いて両肘をついた。

大きいが高さは低めのベッドなので、彼女はちょうどバックで男を受け入れる体勢となり、驚くほどの巨大なヒップをうしろに突き出した。

鍛えられてキュッと締まっている巨尻の真ん中で、ピンク色の秘裂がぱっくりと口を開いていて、大量の愛液が滴り落ちていた。

「ほら、どうするんだい、恩知らずの男のままここから逃げていくのかい？」

開いた膣口の奥に見える幾筋もの愛液の糸にまみれた媚肉に見とれていると、摩夜がうしろからお尻を叩いてきた。

「は、はい」

汐里に申し訳ないという気持ちは確かにある。ただ自分なんかのために陰ながら力になってくれた早貴を、このまま放置するなど出来るはずもない。

(ごめん汐里さん、今日だけ)

心の中で汐里に詫びながら悠人は突き出された巨尻の前に膝をついた。

「いきます」

覚悟を決めて悠人は一度射精寸前にまで追いあげられ、いまもビクビクと脈打っている怒張を濡れた膣口に押し入れていった。

「来て悠人、あっ、あああああ、これ、あああああ」

ドロドロに蕩けている膣肉をエラの張り出した拳大の亀頭が引き裂き進入していく。

早貴は普段は出さないようなトーンの高い声を広いラブホテルの部屋に響かせ、肘をついた上半身をのけぞらせた。

「早貴さんの中、熱い」

快感に喘いでいるのは悠人も同じだ。早貴の媚肉は挿入を待ちわびていたかのように締めつけてくる。

まるで搾り取るような動きを見せる濡れた粘膜が絡みつき、怒張を進めるたびに腰が快感に震えた。

「ああああっ、来て、ああ、もっと」

ゆっくりとした挿入をする悠人のほうを振り返った早貴は、瞳を潤ませて訴えてきた。その半開きの唇はだらしなく普段の強気な姿の欠けらもない。

「はいい、入れます」

快美感に崩壊している様子の早貴に悠人も興奮を煽られ、ほとんど叫びながら一気に怒張を奥にまで押し込んだ。

「ひ、ひあああ、これ、あああ、深いいい、あああん、あああ」

亀頭部が膣奥どころか子宮に向かって押し込まれる。早貴はもう切羽詰まった悲鳴をあげながらベッドの前で膝をついた身体を震わせている。

筋肉のついた身体もずっとくねっていてベッドのバネが軋んでいた。

「いきますよ」

「あああ、来てえ、あああ、あああん、奥を、あああ、そう、ああ、すごいい」

巨尻が波打つほど悠人は強いピストンを始めた。普通の女性なら巨根の悠人がいきなり高速で動かしたら痛がりそうだが、早貴はさすがというか、すべてを受けとめる。

肘で支えた身体の下で巨乳を激しく弾ませながら、ただひたすらにピストンに溺れていっている。

「気持ちよくなってください、早貴さん、おおお」

悠人も彼女を本気で感じさせたい。それが早貴の望むことである以上、全力で突き続けるつもりだ。

それが早貴に対する恩返しだという思いを込めて。

「ああああっ、いいよ、あああ、たまらないよう、あああ、いいい、あああ、あああ」

悠人の思いに応えるように早貴は泣き続ける。高級ラブホテルのおしゃれな部屋に肉と肉がぶつかる音と、淫液を掻き回す粘着音、そして激しい喘ぎが響き渡った。

「すごいね……」

まるでケダモノのような求め合いをする二人を見て、うしろで様子を見ている黒下着の摩夜がつぶやいた。

百戦錬磨の彼女が驚くほどに、牡と牝となった二人は凄まじかった。

「あああっ、悠人、あああああん、私、あああ、もうイッてしまうよ」

ベッドに乗せていた上半身を少し起こして早貴が訴えてきた。その瞳はすでに蕩けきっていて視線も定まっていない。

「ううう、僕もイキそうです、ああ、早貴さんの締めつけが強すぎて」

フェラチオで達する寸前だったせいもあるが、悠人はいつもよりもかなり早めに射精へと向かっていた。

早貴の媚肉だけでなく、自分を求めてくれる姿に心まで燃えているせいかもしれない。

「ああ、来てえ、悠人、あああ、とどめを刺してくれ、あああん、あああああ」

早貴はそう言って優人のほうに向かって手を伸ばしてきた。悠人はとっさにその手を摑む。

そしてさらにもう一方の手も握り、彼女の両腕を強く自分のほうに引き寄せた。

「あああああっ、これえ、ああああああん、あああああ」

両腕を羽の開いた鳥のようにうしろに向かって伸ばし、上半身を浮かせた早貴はさらなる絶叫をあげた。

肉感的なヒップがさらに悠人の腰に密着し、怒張がより深くに食い込んだのだ。

「ああ、早貴さん、おおお」

華奢で頼りなげな身体の悠人が、筋肉質で大柄な美女の腕を引き寄せ、バックから激しく腰を振りたてる。

一種異様な光景に摩夜も息を飲む中、野太い巨根が膣奥を抉り続ける。

「ひいいいいん、あああん、あああ、だめええ、ああ、ああ」

本来なら早貴が悠人に翻弄されることなどあり得ないが、もう彼女は完全に自失し、狂ったようによがり泣き、叫んでいる。

両腕をうしろに引っ張られた上体の前で、乳首が尖りきったGカップが千切れるかと思うくらいにバウンドしていた。

「ああぁっ、イク、もうイクよお、ああああ、イク」

瞳を虚ろにしながら早貴はあさっての方向を向いて限界を口にした。もう肉棒のみにすべてを委ねて、ただ悦楽に浸りきっている。

「おおお、イッてください、僕も出します」

彼女の燃えあがりに悠人も飲み込まれ、懸命に腕を引き寄せ巨尻に腰を叩きつけて、最奥を突きまくる。

亀頭に絡みつく濡れた媚肉が一気に収縮し悠人も頂点に向かった。

「あああぁ、イク、イク、イッ、イクうううううう」

あの強い美女がここまで崩壊するのかと思うくらいに、早貴は雄叫びのような声を響かせ、背中を大きく弓なりにしてのぼりつめた。

筋肉に脂肪が乗った身体がビクビクと痙攣を起こし、明るい髪の頭が何度も上下に揺れた。

「くうう、僕も、イキます」

彼女の絶頂を見極めたあと、悠人は膣奥深くに肉棒を食い込ませて射精した。

勢いのついた精液が飛び出していき、早貴の溶け堕ちた膣奥を満たしていく。

「あああ、来た、あああん、もっと、もっと出して、ああ、すごいよ悠人、ああ、私の子宮まで悠人のものに、ああ、ああ、またイク」

大量の精子をぶちまけられながら、早貴は顔をうしろに向けて訴える。

その途中でまた絶頂の発作が来たのか、こんどは少女のような甲高い声をあげながら、両腕を引かれたままの上体を震わせた。

「はいいい、僕もまだ出ます、くう、ううっ」

悠人の肉棒もなかなか射精が収まらない。竿の根元が強く締めつけられる快感に身悶えながら、奥に向かって突き続けた。

「あああ、あああ、すごいよ、ああん、まだ来てる、ああ、イク」

早貴もまた見事なほどそれに反応しながら、歓喜の叫びを響かせ続けた。

あまりの激しいセックスに早貴は瞳も虚ろなままに床に崩れ落ちてしまった。

そんな彼女を摩夜と二人がかりでどうにかソファーに運んで寝かせた。摩夜が早貴をソファーに寝かせたのは、もちろんベッドを使うためだ。

「早貴がまえにあんたとしたときにKOされたって言ってたけど、実際に見ると凄まじいねえ、さすがに驚いたよ」

早貴は眠っているわけではないが、瞳を虚ろにしたままいまもソファーに身体を横たえたままだ。

横寝の状態でお尻や股間が晒されていて、秘裂からは白い精液が溢れている。筋肉の盛りあがる肩や太腿が時折、ビクッと引き攣っていた。

「あ、あの摩夜さん、僕もう精根尽き果ててるというか……」

悠人はベッドに身体を仰向けにして投げ出している。摩夜はこの部屋に常備されているのか温かいおしぼりを持ってきて淫液にまみれた悠人の肉棒を拭った。

「なに言ってるんだい、私にチンコをふかせた男なんていままでいないんだよ。気合いを入れな」

だらりとしている肉棒を丁寧に清めたあと、摩夜はおしぼりを投げ捨てた。

「どうせすぐに元気になるくせにね、ふふふ」

摩夜は肉棒を指で摘まんで持ちあげると、黒いブラジャーの上体を倒して唇を寄せてきた。

亀頭の部分をじっと見つめた彼女は、舌で丁寧に裏側を舐め始めた。

「くう、ううう、摩夜さん、う、くうう」

もう肉棒どころか手も脚も疲れ切っているというのに、悠人は興奮した声を漏らしてしまった。

そのくらい摩夜の舌はねっとりと男の敏感な部分をついてくる。

「んんん、ふふ、もう気持ちよさそうな顔をしているじゃないか」

妖しい目線を向けた摩夜はさらに舌の動きを大きくして、裏筋を派手に舐めてくる。

さらには右手で竿をしごき、左手で玉袋を軽く揉んできた。

「あうっ、こんなの、ああ、ううう」

数十秒前まではもう無理だと本気で思っていた。なのに悠人はいつしか腰をくねらせ、ベッドのシーツを摑んでいた。

恐ろしささえ感じる女帝のテクニックに翻弄され、肉棒はどんどん硬化していく。

「ははは、言ったとおりになったねえ」

肉棒が半勃ちくらいにまでなったの確認して摩夜は笑うと、こんどは唇を開いて亀頭をしゃぶり出す。

カールのかかった黒髪を弾ませ、豪快に吸いあげる。その間、両手も常に玉袋や竿を責めてきた。

「はううう、だって、くううう、こんなの、うううう」

彼女の卓越したテクニックに、悠人は全身が痺れていくような感覚に陥《おちい》っていた。

どうしてここまで反応してしまうのかわからないが、この女帝に身を任せていることすら心地よかった。

「んんんん、んんんく、んんん」

摩夜は悠人の表情を確認しながら、どんどんしゃぶりあげを激しくしていく。

そして背中に手を回して黒のブラジャーを外すと、Ｉカップの巨乳を両手で持ちあげ、こんどはパイズリを開始した。

「ま、摩夜さん、これだめです、ううう」

完全に勃ちあがっている肉棒が柔らかい肉に包み込まれてしごかれる。

しっとりとした熟女の肌が竿の根元から亀頭までに密着し、柔らかな摩擦を与える。

悠人はもう快感に顔を歪めて、間抜けな呻き声を搾り取られていた。

「ふふ、気持ちいいのかい？　なら気持ちいいって言いな」

摩夜はさらに調子をあげてきて、たわわなバストを豪快に上下に振りたてる。

仰向けの悠人の股間でそそり立つ肉柱を二つの柔肉でしごきあげながら、ねっとりとした口調で語りかけてきた。

「はい、あああ、気持ちいいですう、ううう、たまらないですう」

少し低めの摩夜の声に悠人は催眠術でもかけられたように、心を素直に開いてしまう。これもS市の夜を支配する女の力なのか、悠人ごときは思うがままだ。

「素直でいいねえ。ふふ、んんんんん」

摩夜はパイズリを止めると再び唇を開いて肉棒を飲み込んだ。さっきよりも豪快に頭を振ってしゃぶりあげる。

「くうう、うう、すごいです、ああ、気持ちいい、ああ」

口腔の粘膜が亀頭のエラを擦り、腰が砕けるかと思うくらいの痺れが突き抜けた。

もう意識も虚ろになった悠人は、無意識に腰を突きあげる動きをしながら、快感に溺れ続けた。

「んんん、んく、んんん、ん、ん、んんん」

悠人が動くので喉のほうに肉棒があたっているように感じるのだが、摩夜は怯む様子もなく頭を上下に振り続ける。

仰向けの悠人の股間に向かい、女帝は自分の頭を叩きつけるようにしながら唾液の音を響かせた。

「あうう、もう出そうです、くうう、摩夜さん」

あまりの快感に悠人は夢中で限界を叫んでいた。すでに彼女の口内にある亀頭はビクビクと脈打ち、先走りの液を迸らせていた。

「んんん、ぷはっ、なんだい、さっきまでもう無理とか言ったくせに」

フェラチオを止めて顔をあげた摩夜は、それ見たことかと笑った。そんな彼女の赤い唇の横から白濁《はくだく》した薄液が垂れていた。

「すいません、あまりにすごすぎて」

美しい熟女の唇を白く染めているのが自分の出したものだと思うと、悠人はよけいに興奮した。

頭もぼんやりとしたまま、摩夜をうっとりと見つめていた。

「ふふ、間抜けな顔をしてんじゃないよ。まあいいよ、今日は私がしてあげる」

身体を起こした摩夜は最後の一枚である黒パンティを脱ぎ捨てると、肉付きのいい両脚を開いて悠人の腰に跨がってきた。

漆黒の陰毛に覆われた股間を唾液とカウパーにまみれた亀頭にあてがい、身体を沈めてきた。

「あっ、くう、さすがに大きいねえ、うっ、それに固い」

熱い媚肉に亀頭が包み込まれ、摩夜も悠人も息を詰まらせる。すでに膣内は大量の愛液にまみれていて、粘膜がエラや裏筋に吸いついてきた。

「ああっ、摩夜さん、くうう、すごくいいです、ううう」

自分のモノを舐めながら摩夜は秘裂を濡らしていたのだろうか。摩夜の膣内は進むほどに蕩けていく。

「あ、あああ、ああ、こっちもいいよ、あ、ううう、あっ、深い」

摩夜のほうもどんどん喘ぎを大きくしながら、怒張を根元まで飲み込んだ。

亀頭が膣奥に食い込んだ瞬間、摩夜は一際大きな声をあげてのけぞった。

「あ、あああ、さあいくよ、あっ、はああん、ああ」

一息入れることもなく、摩夜は自分の身体を揺すりだす。Ｉカップのバストが豪快に弾み、色素が薄い乳頭部が淫らに踊った。

「ほんとに、これすごいね、ああ、引っかかるよ、あ、あああ」

赤い唇に笑みを浮かべた摩夜は瞳をうっとりとさせながら、腰を動かし身体を揺らして怒張を貪っていく。

さすがというか、すぐに取り乱したりはせずに、じっくりと味わっていた。

「だって、うう、摩夜さんの中もすごく狭くて、ううう」

悠人の逸物のエラの張り出しが大きいというだけではなく、摩夜の膣肉も吸いつくように絡みついていて男の敏感な部分を絶えず擦ってくるのだ。

「うふふ、こうかい？」

摩夜はそんな青年を見下ろしながら、豊かな桃尻を仰向けの悠人の太腿に押しつけながら腰を前後に振りたててきた。

この動きでは、亀頭の先端にある尿道口を膣奥の肉が刺激し、背中まで強い痺れが突さ抜ける。

「摩夜さん、くうう、これ、あああ、すごい」

思わず喘ぎ声を漏らしながら、悠人は快感に身悶える。男の本能か、下から腰を突きあげるように動かした。

「こっ、こら、あんたが動いたら、あっ、ああん」

お尻を前後に揺すって怒張を貪っていた摩夜が、奥を突かれて慌てた顔になった。

危うくバランスを崩しそうになった彼女の両手を下から掴んで、悠人が支えた。

「ああ、摩夜さんの中がよすぎて、ああ、我慢がききません」

本能に命じられるままに悠人は下から大きく腰を動かし、天に向かって逸物をピストンした。

蕩けた女肉の中で野太い亀頭が上下し、彼女の子宮ごと上に押しあげた。

「あああ、はあああん、だめだって、あんた、これ、あ、ああああん」

先ほどまで悠人を責めていた摩夜が防戦一方になった。切れ長の瞳の鋭い瞳は妖しくなり、唇も半開きになったまま荒い息が漏れている。

肉感的なボディが大きく弾み、ワンテンポ遅れてIカップの柔乳がブルブルと波打って揺れていた。

「あああ、はあああん、あああ、ほんとに、ああ、ここだけは、ああ、すごい」

いつしか摩夜は夢中な表情を見せ、悠人の突きあげに身を任せて、よがり泣いて腰を震わせている。

女帝と言われる摩夜がもうすべてを奪われたように翻弄される姿に、悠人はさらに興奮を深めベッドのバネを利用してピストンするのだ。

「あああっ、あああ、たまらないよ、あああ、あああん」

蕩けた瞳で悠人を見下ろしながら、摩夜は握りあっている手に力を込めてきた。

「あああ、摩夜さん、僕も気持ちよくて、あああ、最高です」

悠人も彼女の目をしっかりと見つめ返すと、指同士を絡ませながら一気に突きあげのスピードをあげた。

大型のベッドが大きく揺れるほど力を込めた悠人は、牡の欲望のままにこの強い熟女を追い込んでいった。

「あっ、あああああ、いいい、あああ、おかしくなりそうだよ、あああ」

巨大な逸物がぱっくりと開いた秘裂を出入りする。愛液を掻き回され、悠人の股間にまで滴り落ちていた。

「あああ、もう、もうイキそうだ、あああ、あああ、来る」

さらに強く悠人の手を握りながら摩夜は大きく開いた唇の間から、艶のある声で訴えてきた。

「僕も、おおお、出ます」

摩夜の中に溶け込むような気持ちで悠人は腰を突きあげた。彼女と一緒に達したいそんな気持ちも湧きあがる。

本来ならば自分が口を利くのも許されないような相手に向かって、怒張をこれでもかと打ち込んだ。

「ああっ、あああああ、来ておくれ、あああ、ああ、もうイク、よ、くうう」

たわわな巨乳を激しく踊らせ、男の腰に跨がった身体を摩夜は大きくのけぞらせた。

一瞬、歯を食いしばった口を再び大きく割り開き、黒髪の頭がうしろに落ちた。

「イクっ、あああ」

耐えきれないように大きな絶頂の雄叫びをあげた女帝は、白く艶やかな全身の肌を引き攣らせてのぼりつめた。

同時に強く媚肉が肉棒に絡みついてくる。

「僕も、イキます、くうう」

最後に一突き、狭くなった膣奥に亀頭を押し込み、悠人は精を放った。

ドクドクと肉棒の根元が脈打つ感覚とともに、腰が何度も強く震えた。

「ああああ、二回目でもこんなに、あああ、奥に来てる、あああ」

射精を受けるたびに摩夜は身体を震わせ、Ｉカップのバストを揺らしながら悠人の手をまた強く握る。

その瞳はどこかうっとりとしている感じで、射精にすら感じているように見えた。

「ああ、もっとおくれ、悠人の熱いのを」

「はいいい、くうう、まだ出ます」

美熟女の妖しい色香と搾り取るように脈動する膣肉に溺れながら、悠人は延々と射精を続けた。

「どこへいくんですか、これから」

連続して、しかも濃厚なセックスをした悠人はほんとうにもう身も心も疲れ果て、こうして話しているのも辛い。

どこか近くの駅にでも降ろしてくれたら、ネットカフェにでも行って寝ようかと真剣に考えていたが、車はどこかに向かって走っていた。

「ちゃんと話をつけとかないといけない場所だよ」

リムジンの後部座席、ドレスを着直して白い脚を見せつけるように組んで座る摩夜が不敵に笑った。

彼女の頬は心なしか、朝よりも艶やかになっているように思えた。

「もうすぐ着くから心配するなよ」

運転席から早貴の声が聞こえてきた。彼女たちは細かいことを悠人に伝えないのでとにかくなにが起こるのか恐ろしい。

せめて食事を摂るとかそういうことであって欲しいと祈る気持ちだ。

「まったくあんたはベッドと他じゃ別人だねえ。ちょっとはしゃんとしなよ」

隣の席で明らかにビビっている悠人を見て摩夜はあきれ顔を見せた。

確かにいつまで経っても度胸が据わらないが、生まれつきの性格だからもう無理だった。

「着いたよ。降りて」

早貴の言葉通り、すぐにリムジンはある駐車場の前で止まった。時間貸しのようで係員がおり、大型車お断りの看板もあるが、顔が利くのか簡単に受け入れてくれた。

「頼むよ。ありがとね」

後部座席から颯爽《さっそう》と降りてハイヒールを鳴らして歩き出した摩夜が係員に声をかけると、向こうは何度も頭を下げている。

こういう姿を見るとほんとうに彼女がとんでもない存在だと気づかされる。

(そんな人と僕は……)

さっきまで激しいセックスをして中出しまでした。誇らしいような、恐ろしいまねをしてしまったような、複雑な心境だった。

「ここです」

早貴が一番前を歩き、そのあとを摩夜が、そして一番最後を悠人がついていく。

さっき、後ろからなにか来たらお前が摩夜さんの盾になれと、早貴に笑いながら言われたが、とても冗談に聞こえなかった。

「へえ、意外と質素なビルにあるじゃないか」

とある雑居ビルの前で立ち止まり、摩夜が上を見あげた。悠人も彼女につられて上階のほうに顔を向ける。

目の前の一階は食堂、二階は治療院、そして三階に『内藤法律事務所』という看板が出ていた。

「うっ、うそ、ひいいいい」

もう心の声を漏らして悠人は泣きそうになった。内藤という名前の法律事務所が二軒もあるはずがない。

彼女の仕事の邪魔をしたくないので訪れたことはないが、汐里の事務所だ。

「なんて声出してんだい。あんたの女の事務所だろ、遠慮する必要はないさ」

明らかに意味ありげな、そして楽しそうな笑顔を見せた摩夜は、早貴に向かってくいっとあごをしゃくった。

「そうだよ、いくぜ」

早貴は悠人の首根っこを摑むと強引に引っ張りエレベーターの前まで引きずっていった。

「なんだいこの狭いエレベーターは、誰の持ちビルだ」

エレベーターに入るとすぐに摩夜が顔をしかめて文句を言った。S市にいくつも持ちビルがあるという彼女は、三人乗っただけで満員状態のエレベーターがお気に召さない様子だ。

そんな中でもエレベーターは三階に到着し、目の前に看板と同じように内藤法律事務所と書かれたプレートが貼られたドアがあった。

「邪魔するよ」

早貴がノックもせずに豪快にドアを開いてズンズン中に入っていく。摩夜も続いていくので悠人も仕方なしに入口をくぐった。

「どちらさま、わっ」

入口を入ってすぐのところに、中年の事務員らしき女性がいた。誰が来たのかと出てきて摩夜の顔を見たとたん、驚きの声をあげた。

摩夜のことを知っているようで、いきなり現れたことに驚いたのだろう。

「どうしたの、どなた？」

奥のほうから聞き慣れた声がした。いつものようにスカートのスーツを着こなし、黒髪を頭の上でまとめた汐里が出てきた。

「なんだいあんたのところの事務員は人の顔見て驚くなんて、どういう教育をしてるんだい」

摩夜はつかつかと汐里の前に歩み出ると、眉間にシワを寄せて睨みをきかせた。

「あらそれは失礼しました。いつもそんなことはないんですけどね、よほど怖い顔の人が来たのかしら」

汐里はビビるどころか、嫌みまで言い返しながら自ら前に出て行く。二人は大きく盛りあがる胸を突きあわせるように向かい合った。

（ひえええぇ）

まるで目と目の間で火花が散っているような、美女と美熟女の睨み合いに悠人は声も出せずにすくみあがっていた。

あらためて怖いのは汐里が摩夜を相手にも一歩も引かずにいることだ。家での彼女とはまさに別人だ。

「ゆ、悠人さん」

摩夜のうしろに早貴以外の誰かもいると気がついたのか、こちらに視線をやった汐里が目を丸くして驚いた。

摩夜とやり合っているときは低めの声だったが、突然、一オクターブ高くなった。

「おやおや、愛しい男が来たら、急に女になったねぇ」

そこにすかさず気がついた摩夜がにやけ顔で突っ込みを入れた。

「お仕事で悠人さんがお世話になっているみたいで、ありがとうございます、お仕事でね」

汐里はすぐに態勢を立て直し、また摩夜の目をじっと見つめた。仕事だというのをやけに強調しているところに明らかに棘《とげ》がある。

「ふふ、もう嫁さん気取りかい、結婚の約束でもしたのかね」

「けっ、結婚」

摩夜が放った一言に汐里は急に声を引き攣らせた。背筋が伸びあがり顔が一気に真っ赤になる。

女の弁護士としての姿が豹変した瞬間だった。

「あらら、どうしたんだい。まあ結婚は早いか、でもいい歳なんだから彼氏彼女になるって約束したらそんな話が出てもおかしくないけどねえ」

汐里が取り乱したチャンスを摩夜が見逃すはずもなく。ネチネチと、そして実に楽しそうに責め立て始めた。

「そ、それは、まだ、はっきりとは……」

男女のこと、そして悠人という存在が汐里にとってウイークポイントなのか、目線を下げてブツブツと言い始めた。

もう最初の勢いは完全に消えていて、チラチラと切なげな瞳で悠人を見ている。

「ま、摩夜さん、僕は……うぐ」

汐里を助けようと悠人が声を出そうとした瞬間、うしろから口を塞《ふさ》がれた。

「あんたはよけいなチャチャを入れなくていいんだよ」

もちろん手の主は早貴だ。もう一本の腕で悠人をがっちりと抱えているので、しゃべれないだけではなくて身動きも取れない。

「ふふ、おもしろいねえ男と女は。でもちゃんと口に出して約束していないのなら悠人はまだ誰のものでもない、そうだろ」

摩夜はこちらをちらりと見たあと、自分のドレスに包まれた下腹の辺りを片手で撫でていく。

「悠人が誰と関係を持っても、あんたにはなにも言う権利がない、そうだよねえ」

下腹部を撫でる仕草は、自分も悠人とした、それも今日、子宮に精液を受けとめたとのアピールに見えた。

それを見た汐里の顔が一気に赤から蒼《あお》に変わっていった。

(や、やめてその顔……)

摩夜を通り越して、そのうしろにいる悠人に向けられた汐里の目は、色がないというかまったく感情がなくなっている。

悲しんでいるとも怒っているともとれない、冷たい瞳だ。

（殺される……確実に……）

まさか弁護士の汐里が暴力に訴えるとは思えないが、同様な目に遭わされる。悠人は本気でそう思った。

「へえー、じゃあここにいる四人全員が悠人さんとしちゃったんだ」

そのとき悠人を抱えている早貴のさらに背後から、やけに甲高い声が聞こえてきた。

「萌美ちゃんっ」

そちらのほうを向いていた汐里が声をあげ、他も全員振り返る。入口のドアの前になぜか調理服姿の萌美が立っていた。

いまの時間は自身が経営する洋菓子店が営業中なのになぜここにいるのか。

「だって早貴さんから、万難を排《はい》してすぐにお姉ちゃんの事務所に来いっていうメールが届いたから、なにごとかと思って慌てて来たんだよ」

どうやら萌美は早貴から連絡を受けてきたようだ。S市の市街地はそれほど広いわけではないので、萌美の店からここまで車で十五分もあれば到着する。

「来た甲斐があっただろ。ふはは」

早貴は楽しげに笑ってようやく悠人の身体から手を離してくれた。解放はされたが、居並んだ四人の女に悠人は呆然と立ち尽くすのみだ。

「相変わらず元気がいいねえ、チビ娘。あんたはどうしたいんだい？」

もともと摩夜と萌美は面識があったのか、そして悠人と関係があることは当然のように把握《はあく》していたのだろう、摩夜が笑みを浮かべて萌美に話を振った。

「うーん、よくわかんないけど。じゃあ一番悠人さんを気持ちよくした人が彼女ってことでいいんじゃない？」

まったく空気を読まずに萌美が発言する。摩夜が、言うねえ、と豪快に笑った。

「も、萌美ちゃん、あなた」

真面目な汐里はまた顔を赤くしている。セックスの内容で恋人を決めるなど汐里には信じられないのだろう。

「萌美さん、ええっ、だめですって」

悠人もまさかそんなことでと思い、背後を振り返って訴えた。

「いてっ」

その動きで早貴にぶつかってしまい彼女が声をあげ、悠人が無意識に握ってきていたカバンが床に落ちた。

口が開いたままになっていたのか、中身が派手にぶちまけられる。

「ん？　給与明細」

スマホやパンフレットなどが汐里と摩夜の前に広がったのだが、その中に今朝、会社でもらった今月の給与明細があり、摩夜が拾いあげた。

「なんだいこれは、あんたこんだけしかもらっていないのかい？」

明細を見た摩夜が珍しく声を大きくして驚いている。汐里もなにごとかと摩夜の手元を覗き込んでいる。

「ええっ、インセンティブが五千円って、先月だけでも三台は売ったたって、ええっ」

続けて汐里が素《す》っ頓狂《とんきよう》な声を響かせた。そう締め日の関係もあるが、摩夜の店に最初に収めた分は入っていなければならない。

なのになぜかあとから納入した萌美の自宅の分だけが振り込まれていた。

「あんたこれ、上の奴らに聞いたのかい？」

すぐに鋭い瞳に戻った摩夜が悠人のほうを向いた。

「い、いいえ、今朝のことだったんで、聞きそびれたというか……」

朝にこの明細を受け取って中身は確認したのだが、他の社員を猛劣に叱る社長の姿を見てビビって聞くことも出来ずに外回りに出たのだ。

「なんだい、聞きそびれたって。まったくチ×チンついてんだろ、大きいのが」

あまりに情けないと思ったのか摩夜はため息を吐いて、悠人の股間を握ってきた。

その横では汐里が目を見開いて悠人の給与明細を見ている。

「はうっ」

いきなり肉棒を摑まれて悠人は腰砕けになった。ただこんなことも聞けない自分の気の弱さは確かに情けない。

「こんな立派なモノをぶら下げといて、しっかりしなっ」

気合いを入れるように摩夜は強く肉棒を握ってきた。

「す、すいません、ううう」

さらに玉袋のほうまで摑まれて悠人は痛みと情けなさで泣きそうだった。

「まったく興《きよう》がそがれたね。とりあえず今日のところは解散」

玉袋を一度強く握ったあと、摩夜が全員を見渡して言った。

第六章　女パティシエと駅弁で

昨日はそのまま外回りにいく気持ちにもなれず、ネットカフェで時間をつぶして帰社して自宅に戻った。

もちろんだが汐里の家になど行けないし連絡も取れない。向こうからもとくに電話やメールはなかった。

「おはようございまーす」

まっすぐに会社に向かってオフィスに入る。別に一日くらいはなんの実績もなくても社長や部長の行永からどやされることもない。

悠人の顔を見ても、向こうは気持ち悪いくらいに笑顔だ。

「あ……あの……社長、昨日の……」

笑顔ではあっても彼らは怖い。だがさすがに昨日の給料の件を聞かなければならないと悠人は社長の席の前に向かった。

「お、なんだい？」

今週はすでに一件の契約をまとめたので社長のあたりもいい。ただ他の成績の悪い社員が怒鳴り散らされるのだが。

勇気を振り絞って給与のことを口に出そうと悠人が思ったとき、背後のドアがすごい音を立てて開いた。

「邪魔するよ」

飛んでいってしまうのかと思うくらいの勢いで開いたドアの前には、今日は濃紺のドレス姿の摩夜が立っていた。

手にはなぜか派手な色の扇子を持っていて、女帝の迫力をまき散らしていた。

「な、なんですか、あなたがたは」

「どけっ」

一番手前の席にいた社員が立ちあがった。その男を勢いよく早貴が突いて吹っ飛ばした。ドアを乱暴に開いたのも彼女だろう。

「汐里さん？」

早貴と摩夜のさらにうしろには汐里までいた。汐里とは顔を合わせ辛いが、それよりもなぜ三人で会社にきたのか。

「これはこれは摩夜さま、今日はまた新しい契約の話でしょうか？」

入口の社員は知らなかったようだが、行永は摩夜の顔を知っているので、揉み手で前に出てきた。

いきなり現れた美熟女がＳ市の女帝と知り、他の社員たちがざわついた。

「なんだいあんたは。社長はどいつだい」

摩夜は行永をいちべつしたあと、奥のデスクに座っている社長を見た。

「私がそうですが、今日はどんな御用向きで」

摩夜の態度からいい話ではないと察したのだろうか、社長は大柄な身体を立ちあがらせて歩み出てきた。

「あなたが社長さんですね。弁護士の内藤です。本日は大原悠人さんのお給料の件でお話に参りました」

摩夜の隣をするりと抜けて歩み出たのは汐里だった。さすが弁護士というか、この緊張感のある状況の中でも淡々としている。

「げ、弁護士」

汐里のブレザーの襟についた弁護士バッジを見て、行永のほうが驚きの声をあげた。

なにか後ろめたいことがあるというのが顔に出ていて、全員がいぶかしい目になる。

「大原悠人さんのお給料には浄水器の売りあげと保守契約に基づいてインセンティブがあるはずですが、この五千円というのは明らかに少なすぎます。労使契約書をまず確認させてください」

昨日回収された悠人の給与明細を社長の目の前に突き出し、汐里は厳しくそして淡々と言った。

その冷静に相手を追いつめる姿は凛々しくもあり恐ろしくもあった。

「そんなものは我々と大原の問題であなたがたは関係ないだろう」

弁護士が来た以上は関係ないというのは通用しないのだが、社長は急に大声を張りあげて威嚇《いかく》するように言った。

汐里はそれでも一切、社長から目を離さない。

「おい小僧。こっちは悠人を男にしてやろうと思って注文を入れたんだ。馬鹿にしたまねをしてんじゃないよ」

そのとき少しうしろにいた摩夜が目の間にあったイスに片脚を乗せて、社長よりももっと大きな声を出した。

スリットが入った濃紺のドレスから白い太腿を覗かせ、見事な啖呵《たんか》を切った女帝に、居並ぶ男たち全員が見とれていた。

「小僧？　ああん」

社長の顔が一変する。ずっとガラの悪い人だとは思っていたが、本物のような迫力がある。悠人たちには見せていなかった本性だろうか。

「小僧に小僧って言ってなにが悪いんだよ。お前はこの会社のほんとの社長じゃないだろう、人に使われてんだから小僧と同じさ」

「なっ」

社長はこの会社の持ち主ではなく他に誰かがいるというのか。社員全員が聞いたこともない話だったのか、驚き顔からさらに目を見開いた。

それはもちろん悠人も、そして指摘《してき》された社長も同じ顔になった。

「とっくに調べはついてんだよ。早くほんとのオーナーを呼びな、小僧じゃ話にならないからね」

不気味なくらいの笑みを浮かべた摩夜は、見下したように社長を見つめた。

「いないっつってんだろ、いい加減にしろよてめえら」

摩夜がそう言う以上は、社長の他にオーナーがいるのは間違いないだろう。それを聞いて社長が顔を強《こわ》ばらせ、小心な行永が半ばやけになったように凄んで摩夜を威嚇した。

行永も普段の嫌み部長とは表情が違っている。薄々感づいてはいたが、行永はただの管理職ではなく社長のパートナーという存在なのだろう。

それ以下はなにも知らないあとから雇われた営業マンで構成された奇妙な会社だ。他には管理職も事務員もいないのだ。

「おお、暴力でくるのか？　それなら私の担当じゃん」

いまさらそんなことに気がついた悠人の横を悠然とすり抜けて、早貴が摩夜と行永の間に仁王立ちした。

ブラウスとパンツの大柄な身体が壁のように立ち塞がり、行永が後ずさりする。

こんなことは日常茶飯事なのか、早貴の顔には余裕の笑みが浮かんでいた。

「どうすんだい？　こっちは荒事も覚悟の上で来てんだよ」

摩夜がまたドスの利いた声で社長を睨んだ。

「わかったよ、少し待っててくれ」

S市の女帝とこれ以上を揉めるわけにいかないと思ったのか、社長はどこかに電話を始めた。

しばらくすると事務所のドアが開いて大柄で恰幅《かっぷく》のいい男が現れた。うしろには眼鏡姿の鋭そうな男性を従えている。

「おはようございます」

男を見た瞬間、社長と行永が直立不動から腰を九十度に曲げて頭を下げた。

いまどきこんな挨拶をするのは、体育会系の運動部の一年生か反社の人間だけだ。

（こ、この人……本物だ……）

にぶい悠人でもすぐにわかった。大柄なほうの男は明らかに、その反社の人間だ。

目つきやたたずまいも普通の人間とは違う。悠人は知らず知らずのうちにそんな会社で働いていたのだ。

「まったく朝からなんの用事だ。摩夜さんよ」

「いい態度だねえ、偉くなったもんだ英司《えいじ》」

摩夜とオーナーは以前からの知り合いなのか、堂々と下の名前で呼んだ。

部下たちの前でそんな呼び方をされ、オーナー、英司の顔が一気に厳しくなった。

「弁護士の内藤です。今日はこちらの社員の大原さんに契約通りのお給料が払われていないことで確認に参りました」

ヤクザと女帝の睨み合いになったとき、横から汐里が口を挟んだ。悠人はよく前に出られるものだと背筋が寒くなった。

「払われていない？　どういうことだ」

弁護士という肩書きを聞いても驚くことなくいぶかしげな顔になって、英司は汐里から説明を聞いた。

「おい、調べてみろ、すぐにだ」

英司は一緒に来ていた眼鏡の男に指示をする。男はすぐに社長に命じてパソコンを立ちあげさせ、自分のノートＰＣも出した。

そしてオフィスにいる社員たちひとりひとりに先月の売りあげと給料が合っているのかを確認した。

「確かにおかしいですね。他の社員の数字は合ってますが、大原さんの売りあげがほんとうだとすると、彼の分が社長と部長に上乗せされている感じになります」

この男もまた汐里と同様にやけに淡々とした感じでそう言った。

「なにい、どういうことだ星田あ、お前がごまかしたのか、ああっ」

英司は今日一番の怖い顔になって社長に向かって凄んだ。社長の名前をずいぶん久しぶりに聞いた気がする。

「あっ、あのそれは……あの」

いつも強面《こわもて》で社員たちを威嚇する社長が急にしどろもどろになっている。

手をあげた。

「大原さんが売ったのを確認出来た社員さんはいらっしゃいますか？」

そんな中で汐里が柔らかい声で言うと、なりゆきを見ていた社員たちがパラパラと手をあげた。

「星田、てめえなにやってんだ、この野郎」

英司はいきなり大声を張りあげると、そばにあった電話機を掴んで社長の顔面を殴打した。

繋《つな》がっていたコードが外れて宙を舞い、社長の顔面から鼻血が吹きあがった。

「てめえもだ、行永。稼いだ分はちゃんと下の者に還元しろって言ってただろうがあ」

返す刀で行永の鼻もフルスイングで打ち据える。二人は大量の血を流しながらただうなだれている。

手で押さえた顔からボトボトと血が落ちていく様子が、ヤクザ映画の一場面でも見ているようだ。

「悪かったたな、こいつらにはがんばった人間の報酬はちゃんと出せって言ってたんだけどな。俺の管理不足だ」

悠人のほうを振り返った英司は顔をきつくしたまま、自分のジャケットの中から財布を取り出すと、十枚をまとめた一万円札をいくつも取り出した。

「給料の差額はあとから振り込ませるからな。これは詫びだ」

その束を三つほど悠人に握らせようとしてきた。

「い、いいえ、そんな受け取れません」

三束ということは三十万円。インセンティブの額より上だ。しかもそれは別に振り込むと言われたらこんな大金受け取れるわけはないと、悠人は首を振った。

「受け取りな。こういうときは相手の男を立ててやるんだよ」

その様子を見て摩夜が声をあげた。男を立てろとまで彼女に言われたらもう断れず、悠人は汗ばんだ手で差し出された万札の束を受け取った。

「もうこの会社は整理する。みんなには悪いが次の仕事を探してくれ、今月分の給料はちゃんと保証するから」

英司が他の社員たちに向かって言った。いきなり会社がなくなると言われて困る人間もいるだろうが、怖くて反論など出来るはずもない。

まあ全員が長くここに勤めるというような気持ちもないのだ。あとの保守点検などはもともとメーカーとの契約になっているので問題もなかった。

「これでいいか、摩夜さんよ」

けじめという意味では見事なくらいの収めっぷりを見せた英司が最後に摩夜を見た。

「ああ、文句なんかないさね。そうだ会社が解散するならこいつは私がもらってもかまわないよね」

急に笑顔になった摩夜は悠人のスーツの襟を摑んで言った。

「ちょっとまって、悠人さんをあなたのような怪しいところで働かせるわけにはいきません」

そこに突然、汐里が割って入った。

「怪しいところとはどういう意味だ、この小娘」

摩夜がそれに応酬し、女帝と女弁護士の言い争いが始まった。

「な、なんだ、どうなってんだ」

ずっと強面を崩さなかった英司が目を丸くしたまま、悠人と女たちを交互に見た。

真のオーナーである英司が言ったとおり、会社は契約が途中だった件などが片づいたらすぐに解散となった。

悠人は結局摩夜のところで預かりとなり、いまは彼女の事務所で小間使いのようなことをしている。

その間に自分でどうするのか、他で正社員になるなどの道を決めるという話になり、汐里も納得した。

『例の件はまだ解決してないよね』

しばらくしたころ、急に萌美から一斉送信でメールが届いた。例の件とは悠人を一番気持ちよくした人が選ばれるという話だ。

「あっ、あああ、いいよ、悠人、あああん、すごくいい」

女たちは、なんと汐里を含めて同意し、一日おきに順番に一人ずつ悠人とセックスの時間を持つこととなった。

もちろんだが悠人の意見なんか無視だ。

「くう、早貴さん、ううっ、うう」

くじ引きで決めたという順番は、早貴、萌美、摩夜、そして最後に汐里だ。その間は他で会うのも禁止された。

一番手の早貴に、例の摩夜が経営するラブホテルに連れてこられ、落ち着いたデザインの一室のベッドの上で跨がられていた。

「ほんとここだけは強いよなあ、ああ、ああん、ああ」

仰向けの悠人の腰に自らの股間を擦りつけるようにして、天を突く巨根を貪る早貴は、大きな瞳を妖しく蕩けさせて喘ぎ続けている。

悠人の瞳をじっと見つめながら、大柄な身体そのものを大きく動かし、Ｇカップの巨乳をこれでもかと弾ませていた。

「ああ、悠人、あああん、ああっ、あああ」

結合部からグチュグチュと粘着音が響く、彼女の股間が持ち上がるたびに姿を現す自分の竿に、半透明の愛液が糸を引いていた。

「うう、早貴さんは、くう、もし一番になったら、ほんとうに僕の彼女に」

女性主導で肉棒を絡め取られてしごかれる快感に悶絶しながら、悠人は声を絞り出した。

四人のうちで悠人を一番気持ちよくした女が選ばれる。そういう約束なのだが、そもそも早貴に悠人を思う気持ちがあるように見えないのだ。

「あっ、ああ、そうだね、うっ、まあ、私はあんたとこうしてヤル理由が欲しかっただけだけどね」

変わらず騎乗位で腰を使いながら、早貴はぺろりと舌を出して笑った。

「やっぱり」

彼女の目的は悠人の巨根にのみあるのだ。恋愛感情など微塵も感じない。

「ふふ、でも悠人、あんたは私を自分の女にするつもりあるのかよ。おいお前とか、呼んじゃうのか？」

半開きの唇から湿った息を吐く早貴は、身体を揺するのをやめて仰向けの悠人の上に覆いかぶさってきた。

巨乳が二人の身体の間で押しつぶされ、硬化した乳首が悠人の肌に触れた。

「そ、それは」

確かに悠人自身も想像も出来ない。もちろん女性をお前などと言えるタイプではないが、早貴が自分の恋人や夫と認める男がどんな人間なのか思い浮かばなかった。

「ふふ、ほんとうに根性なしだな。まあ、そういうところも可愛いけどな」

早貴は覆いかぶさったまま、悠人の瞳をじっと見つめてきた。

そしてしばらくそうしてから、唇を重ねてきた。

「んん……んん……」

彼女の濡れた舌が口内に入ってきて、悠人も呼応して強く吸っていく。

上下で繋がりあったまま二人はお互いの唾液を交換しながら、延々と熱く深いキスを続ける。

（なんだったんだ……さっきの間《ま》は……）

キスをする前に悠人のことを可愛いといったあと、数秒間、無言の時間があった。

そのときの早貴はなんとも言えない瞳で悠人のことを見つめてきた。彼女がなにを思っていたのか気になるが、聞く勇気もない。

「んん、んく、んんんん」

悠人は複雑な感情を振り払うように彼女の舌を吸い、自分の胸の上に乗っている張りの強い乳房を揉みしだいた。

丸みを持った巨乳が自分の手のひらの中でいびつに形を変えていった。

「んんん……ぷはっ、お前、ほんとうにおっぱい好きだな、女のおっぱいしか興味ないんじゃないか？」

あとの三人も全員巨乳だもんなと、早貴は豪快に笑った。

自分は悠人の肉棒にしか興味を示さないくせに、よく言えるものだ。

「い、いや、早貴さんのおっぱいもいいですけど」

Gカップの風船のような丸いバストもいいが、実は悠人はもうひとつ早貴の肉体で気になっている部分があった。

「お尻が大きくて形もよくてすごいなあと」

全体的に盛りあがっている早貴の筋肉に負けないくらいに、ヒップのほうも大きく実っている。

その迫力のあるたたずまいに悠人は欲情をかきたてられるのだ。

「いいとこ見てるねえ、鍛えた自慢のお尻だよ」

悠人に覆いかぶさっていた身体を起こした早貴は、自分のお尻を軽く平手打ちした。

確かに鍛えられた筋肉に脂肪がほどよく乗ったその姿は、芸術品だ。

「あ、そうだ、それならお尻見ながらイキな」

早貴は悠人の腰に跨がった身体をくるりと回転させた。そしてこちらもかなり筋肉が発達した背中を向ける。

『いくぜ」

そのまま早貴は悠人の太腿に両手を置いてそこを支点にしながら、その桃尻を上下に振りたててきた。

「くうう、早貴さん、これ、ううう、ああ、すごいです、あああああ」

巨大な二つの尻たぶが豪快に上下し、肉ビラが引きずり出されるような動きを見せながら、血管が浮かんだ肉竿をしごきあげる。

その淫靡な姿と、絡みつく濡れた膣肉に悠人はあっという間に翻弄された。

「あああ、私も、ああ、いいよ、ああ、あああ」

早貴のほうもどんどん熱中していき、さらにお尻を振りたてるスピードをあげる。もともと正面を向いた騎乗位でかなり怒張を味わっていたので、彼女も一気に感極まっている感じだ。

「早貴さん、くうう、ああ、気持ちいいですう、ああ」

尻たぶが悠人の股間にぶつかる音がパンパンと響き、ベッドがギシギシと激しい音を立てた。

結合部では愛液が掻き出され、二人の股間にまとわりついて輝いていた。

「ああ、あああ、はあああん、たまんない、ああ、奥に、あああ」

もう早貴はお尻を揺するというよりは叩きつけているといった状態で、亀頭が激しく膣奥にぶつかっている。

白い背中が時折、ブルッと震える様子が、彼女の昂ぶりを示しているように見えた。

「ああ、早貴さん、僕も、あああ」

悠人も感情と欲望を抑えきれなくなり、自らも腰を使った。

ベッドのバネの反動を利用して、怒張を真上に向かって突きあげた。

「はあん、悠人これだめ、あああ、あああ、もうおかしくなるよ」

二人の股間が激しくぶつかり、豊満な尻たぶが大きく波を打つ。こちらに向けられた彼女の顔は完全に蕩けきっていた。

「イッてください、早貴さん」

悠人も力を込めて肉棒を下から振りたてる。濡れそぼる膣肉の最奥に向け、大きなストロークで亀頭を打ち込む。

目の前で大きく波打つ巨尻を夢中なままに全力で掴んでいた。

「ああぁっ、イク、イクよ、あああ、イクうううう」

明るい色の髪を弾ませ、背中を淫靡にカーブさせてのけぞった早貴は、唇を割り開いて絶叫を響かせた。

引き締まった太腿がビクビクと痙攣を起こし、中の媚肉もそれにつられてきつく締めつけてきた。

「僕も、うう、イキます」

最後は掴んだ早貴の巨尻を自分の股間に引き寄せながら、亀頭を膣奥に擦りつけるようにして悠人は射精した。

肉棒がビクビクと脈動し、勢いよく精が放たれる。

「あああ、悠人、あああ、いい、あああ、たくさん出すんだ、ああ、もっと」

早貴も歓喜の声を部屋に響かせながら、悠人の上で白い身体をくねらせる。

盛りあがるヒップが大きく円を描きながら肉棒を貪った。

「出します、くうう、うくうう」

締めつけたままこねるように動く女肉に搾り取られて、悠人は延々と射精を繰り返した。


次の萌美が待ち合わせ場所に指定してきたのは、自分の経営する洋菓子店だった。ここからどこかに向かうのだろうか、夜も遅くなってから店の裏口の扉を悠人はノックした。

「いらっしゃい悠人さん、この前はヤクザみたいなのに絡まれてたいへんだったねえ、かわいそうに」

白店の作業場に悠人を迎え入れた萌美はすぐに抱きついてきた。彼女のほうがかなり小柄なのでしがみ、ついていると言ったほうが正しいかもしれない。

「あの……萌美さん慰めてくれるのは嬉しいのですが、その手は」

白い調理服のまま抱きつく萌美の右手は、なぜか悠人の股間をさすっていた。

悠人は今日はプライベートなので、ジーンズ姿の股間を手のひらで撫でている。

「だって、この子と会うのはずいぶん久しぶりだし」

萌美は摩夜が会社に乗り込んできたときには同行していなかったので、悠人と会うのはかなり時間が空いている。

悠人に再会して嬉しそうというよりは、股間のモノが恋しかったのだと、態度に出ていた。

「うふふ、味見させてもらおうかな」

天真爛漫な彼女はとくに欲望を隠すこともなく、可愛らしい顔に淫靡な笑みを浮かべて身体を屈めてきた。

作業場の床に膝をついて悠人のジーンズのファスナーを下げてきた。

「なにやってるんですか萌美さん。ここ、お店、うっ」

ここは萌美にとって仕事をする場所だ。そこでいきなり男のズボンを脱がせていく、美少女顔のパティシエに悠人は面食らった。

ただ萌美はそんな言葉など聞こえていないかのように、悠人のパンツまで脱がせてだらりとした肉棒の先端部をキュッと摘まんできた。

「うふふ、私、ここで一度してみたかったのよ。いただきます」

どうやら萌美は最初からそのつもりで、どこかで待ち合わせをするのではなく、お店に悠人を呼び寄せたのだ。

彼女は大胆に唇を開き、味わうように悠人の肉棒を舐め始めた。

「うっ、ほんとにいいんですか、こんな、あうっ」

彼女のお店は作業場と店舗部分は大きなガラス窓になっていて、お菓子を作っている現場が見えるようになっている。

いまは灯《あか》りが落とされている店内がこちらからうかがえるし、その向こうのお店の入口周りもガラス張りだ。

「大丈夫よ。わざわざ駐車場まで入ってきて中見る人なんていないって、んんん」

肉棒に丁寧に舌を這わせながら、萌美は余裕たっぷりに笑った。

お店はけっこう広めの駐車場の少し奥にあるので、通りからは厨房までは見えないとは思うが、外は暗くてこちらは煌々《こうこう》と灯りが照らされているので、目のいい人だったらガラス越しに見えるかもしれなかった。

「でも見られてたら、よけいに興奮しちゃうかも、んんん、うふふ、んんん」

おおよそ店主とは思えない言葉を口にした萌美はもう大きく舌を動かして、亀頭を舐め回してきた。

まるで少女がアイスクリームを舐めているような感じで、彼女の顔立ちと亀頭の似合わなさがかえって淫靡に見えた。

「ううう、くううう、萌美さん、うううう」

してはいけない場所での行為は確かに悠人も少し興奮する。肉棒は彼女の熱のこもった舐めあげもあり一気に固く勃起した。

「ほんと固くて、ああ……すごい……ん、ん、ん」

彼女のほうもどんどん欲望を加速させ、大きな瞳をとろんと蕩けさせたまま、小さめの唇を開いて怒張を大胆に飲み込んだ。

かなりあごが開いているが痛そうな素振りも見せずに、舌を絡めながらうしろで髪をまとめた頭を振ってきた。

「くう、ううう、いいです、うう、気持ちいい」

口腔の粘膜を絡ませる萌美のしゃぶりあげはねっとりとしていて、エラや裏筋から甘い痺れが絶えず駆け抜ける。

ズボンもパンツも足首まで下げられた下半身をよじらせて、悠人は声を漏らした。

「あふ、んんんん、んく、んんんん」

「萌美さん、うう、くううう」

作業場でことに及んでいるというのを忘れているかのように、二人は淫らな行為に溺れていた。

よく見たらしゃぶっている萌美も白のパンツのお尻が横に揺れていた。

（フェラチオしながら興奮してるんだ、萌美さん）

瞳を閉じて懸命に頭を振る彼女の頬はピンクに上気し、鼻からはずっと切ない息が漏れている。

白の調理服の胸が大きく突き出した上半身からも、なんだか淫靡な香りがしてきた。

「くう、萌美さん、交代しましょう」

悠人は萌美の頭を摑んでしゃぶるのをやめさせると、怒張を彼女の唇から引き抜く。

そしてしゃがんでいる小柄な身体を抱きあげると、そばにあった作業台にお尻を乗せた。

「あっ、私はいいよ、あっ、んんんん」

悠人はあらためて彼女の唾液に濡れた唇にキスをして舌を絡めていく。

そのまま清潔感のある調理服の前を開いて、中に着ているキャミソールを上にずらした。

「だめですよ。萌美さんのエッチな声を聞かせてください」

キャミソールの下から現れた薄いピンクのブラジャーはフロントホックのタイプだった。

真ん中のホックき外すとカップが弾けるように開き、白く丸みのあるFカップのバストが飛び出して来た。

「あっ、やっ、あああぁん、あっ、ああ」

十代のような瑞々《みずみず》しさを持つ巨乳の先端も、小粒な薄桃色をしている。そこに悠人は舌を這わせて強く吸いあげる。

作業台に腰掛けた身体を小さく引き攣らせて、萌美は甘い声を響かせた。

「あっ、ああ、やだ、あああん、エッチな吸いかた、あ、あああ」

チュウチュウと音を立てて先端部を舐めながら吸い続ける。張りの強い乳房の裸がピンクに上気していた。

「別の場所も吸いますよ」

勢いのままに悠人は萌美のパンツも脱がし、ムチムチとした太腿を露出させる。

そして薄ピンクのパンティも脱がせると、薄毛の土手の下に顔を埋めていった。

「やっ、あああん、ああ、そこ、あああ、ああ」

クリトリスに悠人の舌が触れると同時に、萌美は作業台に乗せた小柄な身体を大きくのけぞらせた。

乱れた上衣の間から飛び出した二つの巨乳が大きくバウンドし、開かれている太腿がビクンと引き攣った。

「すごくエッチな香りがします、んんんん」

薄い陰毛の下にあるピンクの裂け目はビラが小さく、彼女の見た目のとおりに少女のような固さを感じさせる秘裂だ。

ただ中のほうはけっこう肉厚で、すでに透明の粘液が糸を引いていた。

「あっ、あああ、はあああん、いい、あああああ」

クリトリスを弾くように舌を動かし、悠人は膣口にも指を入れて責めていく。

クチュクチュという粘っこい音と萌美の甲高い喘ぎ声が作業場に響き渡る。

姉とは違い萌美はほんとうに快感に対して大胆で、自ら股間を突き出すようにして悠人の指を深く飲み込んでいった。

「もっと感じてください萌美さん、んんん、えっ」

悠人も気持ちがのってきて、肉芽を強く転がし指で濡れた膣内をかき混ぜていると、強い光が店のほうから差し込んできた。

誰かが懐中電灯を照らしているのかとびっくりして悠人は、彼女の股間から顔を離して立ちあがった。

光は車のライトだったようで、店のガラスを左から右へとなぞるように移動していった。

「はあはあ、ここはUターンする車が多いから、ああして照らされることがあるの」

台の上で息を荒くしながら萌美は店舗のほうを見た。店内に灯りが灯されていれば気にならないかもしれないが、いまは暗いのではっきりと見えたのだ。

「ああ……でも一瞬、誰か来たかと思ってドキッとしちゃった」

閉店後にここで作業をしていたりすると、まだ売ってもらえないのかと聞きにくるお客がほんとうにいるそうだ。

そんな人が来たと思ったと言ったときの萌美の瞳は、なんとも淫靡に輝いていた。

（びっくりしたのに興奮していたんだ……）

誰かが来るというスリルの中で、萌美はさらに欲情の炎を燃やしていたようだ。

言葉にしなくてもそれがはっきりとわかるくらいに、彼女の美少女顔は淫らに蕩けていた。

「萌美さん、いきますよ」

淫気をまき散らすような可愛らしい年上女に、悠人も変なスイッチが入り、彼女の調理服やキャミソールをすべて脱がしていった。

そして全裸になった萌美の両脚を抱えると、いきり立つ巨根を押し込んでいった。

「あっ、あああ、悠人さん、ああ、奥まで、ああ、えっ、なにを」

一気に最奥にまで達した亀頭を萌美は小柄な身体でしっかりと受けとめ、淫らな叫びをあげた。

そこから悠人は彼女の両脚をさらに持ちあげ、身体ごと宙に浮かせた。

「えっ、あっ、これ、あああ、だめ、あ、あああああん」

作業場の床に立った悠人の首に萌美が腕を回し、駅弁の体位で繋がった。

アダルトビデオでしか見ないようなアクロバティックな体勢で繋がりながら、悠人はそのまま歩き出した。

「あっ、あああ、悠人さん、なにを、あっ、あああああ」

歩く反動で巨大な逸物が空中にあるピンクの媚肉にピストンされる。

自分の体重を乗せて膣奥で亀頭を受けとめている萌美は、愛らしい顔を歪ませ、一糸まとわぬ白い身体やFカップのバストを震わせて喘いでいる。

そんな彼女を担いだまま、悠人は店内のほうに向かった。

「あああっ、ここで、あああん、あああああ」

作業場から店内に繋がる扉はドアノブなどがないタイプなので、身体で押してくぐっていく。

「あああん、お店で、あああ、やだ、あああ、気づかれちゃう」

作業場と外はガラス二枚の隔たりとはいえ、ショーケースやそのうしろの包装用の台などもあるので、けっこう近くまで来なければ中は見えないだろう。

だがこれが店内となると道路側は一面ガラス張りだし、駐車場の入口辺りからこちらに顔を向けたら中でなにをしているかくらいはわかるはずだ。

「そうですよ。通行人がAVの撮影でもしてるのかと思って、近寄ってくるかもですね」

実際は悠人も見られたらどうしようかとビビっているのだが、彼女の性感を煽ろうとそんな言葉を投げかけてみた。

「あっ、やだ、あああっ、そんな、ここでお店出来なくなっちゃう」

二人の身体が暗い店内のショーケースのうしろに入り、萌美は泣き顔になって恥じらっている。

だが肉棒を受け入れている媚肉のほうは強い収縮を見せ、グイグイと亀頭や竿を締めあげてくるのだ。

「萌美さん、ここがちょうどいいですね」

悠人は担いだ萌美の身体をレジ横の商品やお金を渡す台に乗せた。それほど高さがないので、肉棒をピストンしやすい。

ムチムチとしたお尻を台に乗せ、脚を大きく開かせてピストンを開始した。

「ああっ、ここだめ、ああ、この格好じゃ、あああ、ああん」

この場所だと道路から見たら二人を真横から覗く形になる。

怒張で突かれた反動で弾むFカップのバストや乳首も横側から見えるはずだ。

「あっ、あああああ、私、あああん、店長なのに、あああん、ああ」

パティシエでありオーナーでもある萌美がこんなことをしていたとなれば、店の経営に影響大だ。

なのに萌美は一気に快感に浸りきり、台の上の下半身を震わせながら悠人の腕を強く掴んで喘いだ。

「そうですよ、萌美さんはとんでもない経営者です。明日には噂になってるかも」

萌美の性癖を刺激しながら、悠人はこれでもかと腰を振りたて、濡れた膣奥を突き続けた。

彼女を煽るためにそんなことを言っているが、長い時間は確かにまずい。

「あああん、あああん、だって、ああん、気持ちいいんだもん、あああ、いけないことしてるのにい、あああん、すごいのうう」

巨大な逸物が高速でピストンされ、ぱっくりと開いたピンクの媚肉を激しく突き続ける。

露出の性癖もさらに燃えあがったのか、大きな瞳を泳がせて萌美はのけぞり叫んだ。

「あああ、もうイク、萌美イッちゃう」

時折駐車場とその向こうの道路のほうに目線を向けながら、萌美は頂点に向かい、悠人の腕に爪を立てた。

「あああ、イクうううううう」

巨乳が弾けるくらいにレジ台の上の身体を弓なりにし、開かれた両脚をガクガクと痙攣させた。

「ううっ、僕もイク」

絡みつきを強くした媚肉と腕に食い込む萌美の爪の痛みを合図に、悠人も腰を震わせた。

蕩けた女肉の中で怒張を爆発させ、最奥に向かって熱い精を放った。

「ああっ、あああん、悠人さん、あああ、すごい、ああ、もっとちょうだい」

何度も放たれる精を萌美は恍惚として受けとめている。

小さく瑞々《みずみず》しい白い身体が暗い店内でビクンビクンと弾むような痙攣を繰り返した。

「ああ、悠人さん、ああああん、私、ああ、今日が一番、気持ちいい日、ああ、幸せ」

潤んだ瞳を悠人に向けながら、萌美は歓喜の声を響かせ続けた。

第七章　高嶺の花の乱れ嬌声

三人目は摩夜。とにかくいまだに会うと緊張する。彼女の事務所で働いているが顔を見せない日も多いので一週間に一度くらいだ。

とくにあのモロに反社の人間だったオーナーの英司を子供扱いしていた姿が目に焼きついていて、いまだに背筋が伸びる。

「相変わらず悪い子だねえ、ここは」

そんな摩夜が指定してきた場所は、S市にある、とあるマンションの最上階だった。いくつかこういう家を持っているらしく、広くて豪華なだけではなく、内装も黒っぽい女帝の住居という感じだ。

「ビクビクしてるよ。ほんとすごいね」

そこに置かれている大きなベッドに横たわり、悠人は彼女のパイズリを受けていた。

Iカップの柔乳を肉棒に向かって押しつけながら、激しくしごいてきた。

「これを見てるといろいろとしたくなってくるんだよ。魔力でも持ってるのかね」

一糸まとわぬ白く肉感的なボディを悠人に見せつけながら、身体を屈めた摩夜は乳房を大きく動かし、さらに舌先で亀頭部を刺激してきた。

白い柔肌が竿を擦り、ピンクの舌が裏筋を舐めあげていく。

「はうっ、摩夜さん、くうう、ああ」

魔女に見えるのは摩夜のほうだと思うのだが、そんな言葉を言えるはずもなく、悠人はただベッドに寝た身体を震わせていた。

ねっとりと絡みつくような舌と乳房の攻撃に、先端からカウパーの薄液がだらだらと溢れ出していた。

「こんなにたくさん出しちまって、んんんん」

巨大な亀頭を流れ落ちていく白濁液をじっと見つめて言った摩夜は、厚めの唇を大胆に開いて飲み込んでいく。

カウパーなど気にせず頬をすぼめてしゃぶりだした。

「ああ、摩夜さん、はうっ、出てるものまで、くう、ああああっ」

女帝と言われる女にカウパー液をすすってもらっている。そう思うと肉棒を舐められる快感がさらに強くなり悠人はもうひたすらに喘ぐばかりだ。

「んんん、ぷはっ、そうだよ、こんなことするのはあんただけさ」

摩夜は少しくやしそうにつぶやいたあと、唇をまだ白濁液が出ている尿道口に押しあてる。

そしてストローの要領で強く吸ってきた。

「はっ、はううう、これ、ああ、くううう」

尿道口から強制的にカウパーが引きずり出されていく感覚に、悠人は腰を浮かせて仰向けの身体を弓なりにした。

むず痒さをともなった強烈な快感は、もちろん初めての経験で、全身がガクガクと震えていた。

「ふふ、可愛い顔するねえ。さあそろそろいただくよ」

あまりに過敏な反応を見せる若者の崩れた顔を見て楽しげに笑った美熟女は、Ｉカップの巨乳をユサユサと揺らして悠人の腰に跨がってきた。

そして躊躇することなく、肉棒を自分の中に飲み込んでいく。

「く、んんん、固いねえ、これ、くっ」

拳大の亀頭が膣口を大きく割って侵入を開始すると、摩夜はこもった声を漏らした。

ただ動きは止めずに、ゆっくりと自分の胎内に怒張を誘っていく。

「あううう、摩夜さんの中も、ああ、すごいですう」

摩夜以上に悠人のほうが喘ぎ声をあげていた。さっきの尿道の痺れがまだ残っている肉棒が熟した媚肉に包み込まれている。

中はねっとりとしている上に愛液に溶けていて、柔らかい粘膜が亀頭や竿を絡め取ってくる。

「はうっ、気持ちいいですう、くううう」

その快感は凄まじく、悠人は両脚をよじらせて喘いでいた。

「あああ、あんたのチ×チンもすごいよ、また大きくなってきてないかい？」

快感にさらなる硬化を見せる肉棒に少し摩夜も驚いた顔をしている。いつもは恐ろしい彼女の切れ長の瞳が妖しく輝いているのが悩ましい。

「ま、摩夜さん」

「あっ、こら」

その瞳に吸い寄せられるように悠人は反射的に上半身を起こした。

そのまま摩夜のほどよく引き締まったウエストに両腕を回して一気に引き寄せた。

「やめ、あっ、あああああん」

対面座位の体位で怒張が摩夜の最奥に向かって食い込んだ。

よほど強い快感が突き抜けたのか、摩夜は背中を反り返らせ頭をうしろに落とした。

「摩夜さん、摩夜さん、おおお」

崩れそうになる豊満なボディを抱きしめながら、悠人は懸命に腰を動かした。

ベッドの反動も利用し、下から怒張を濡れた膣奥にピストンした
「あっ、こら、あああ、落ち着け、ああ、あああん」

完全に暴走している悠人の突きあげに、摩夜は目を泳がせている。たださすがというかすぐに立ち直って悠人の乳首をつねってきた。

「はっ、はうっ」

乳首から痺れが駆け抜けて、悠人は素っ頓狂な声をあげて動きを止めた。

「まったくあんたはなに考えてんだい。無茶して、ああ」

はあはあと荒い息を吐きながら、摩夜は悠人の鼻も摘まんできた。

ただ怒っている様子はなく、少し微笑みながら悠人の唇に軽くキスをしてきた。

「もっと楽しむもんだろ、こういうのは」

「すいません」

普段は見るだけで震えあがっているというのに、悠人はこの女帝に甘えているのかもしれない。

どこまでも自分を受けとめてくれる摩夜にすべてをぶつけたいと無意識に暴走していたのだ。

「抑えめでいきます」

悠人は下からゆっくりと肉棒を動かしてピストンを再開する。さらに腰を微妙に回して亀頭の先端を奥の子宮口の辺りに擦りつけた。

「あっ、あああ、これはこれで、あ、ああ、だめ、ああぁ、はあああん」

セーブしていても摩夜は激しく感じている。肉棒が蕩けた媚肉の中で大きく動くたびに背中を引き攣らせている。

感じだした彼女は少し瞳がとろんとし、半開きになった唇が色っぽかった。

「ああ、摩夜さん、早貴さんにも聞いたんですけど、僕が摩夜さんがいいと言ったらどうするつもりなんですか？」

悠人は早貴に対してと同じように、気になっていたことを摩夜にも聞いた。

自分が摩夜がいいと言ったら彼女はどうしようと思っているのだろうか？

「なんだい、はうっ、あんた私を自分のものにしようっていうのかい？」

変わらず蕩けた瞳だが、しっかりと悠人を見つめて摩夜は言った。

女帝とまで言われている女を悠人のようなビビりのヘタレが手に入れようなど、おこがましいと言いたいのだろうか。

「そうだねえ、あ、あ、私も結婚したことないから、あんたにもらってもらおうか」

「ええっ!?」

続けて出た摩夜の言葉に悠人は目を見開いた。摩夜と自分が結婚など想像出来ないどころの騒ぎではない。

「なんだい、ええって。ふふふ、そうかい、いやなのかい、あんたは」

驚く悠人を笑顔で見ながら摩夜はまた鼻を摘まんできた。質問したのは悠人なのにすっかりごまかされている。

向こうのほうが何枚も上手《うわて》だということだ。

「まあいいよ。さあ休まないでおいで、あんたの全部を出しな」

ただ摩夜はそれ以上の追及はせず、悠人の肩をしっかりと摑み、切れ長の瞳と息をするだけで揺れるIカップのバストを向けた。

「はっ、はい、いきます」

悠人ももうよけいな考えは捨て、摩夜のほどよく締まったウエストを強く抱き寄せ、ピストンのスピードをあげた。

「あっ、あああ、これ、あああ、ああ、すごい、あああ」

悠人の膝の上で摩夜の熟したボディが弾み、二つのバストがそれぞれ意思を持ったかのように踊り狂う。

しっかりと密生した陰毛の奥に向かって野太い怒張が打ち込まれ、開かれた白い太腿が引き攣った。

「ああっ、あああああ、はあああ、いいよ、あああ、あああ、ああ」

摩夜もひたすらに快感に溺れていく。厚めの唇を大きく開き白い歯を見せながら、カールのかかった黒髪を乱して頭を振る。

いつもはきつい瞳が濡れて妖しく淫らに輝いていた。

「摩夜さん、おお、僕、もうすぐ」

彼女の乱れっぷりと同様に、膣内のほうも熱い愛液がさらに溢れ出し媚肉が亀頭を擦りあげる。

肉壺全体で絡め取るような動きに、悠人は限界に向かっていた。

「あああ、私、あああ、もうイクよ、ああ、来ておくれ、あああ、はあああっ」

摩夜も悠人に呼応するように淫らで艶のある叫びをあげて、強くしがみついてきた。

顔に押しつけられたボリューミーなIカップの先端に、悠人は夢中で吸いつく。

「あああああ、そこも、あああ、あああ、もうイク」

乳首も吸われてさらに背中をのけぞらせた摩夜を抱き寄せながら、悠人は力の限りに怒張を突きあげた。

「あああっ、イ、イクうううううううう」

部屋中に絶叫をこだまさせながら、摩夜は頂点にのぼりつめた。

悠人にしがみついた腕を震わせ、両脚を腰に回して締めつけながら、全身を痙攣させる。

「んんんん、んんくう」

彼女の乳首に強く吸いついたまま、悠人も達する。彼女の奥の奥に届けとばかりに大量の精子を浴びせた。

「あああ、来てるよ、あああ、あんたの熱いの、あああ、ああっ」

歓喜に溺れる摩夜は四肢に力を込め、悠人の膝の上のヒップを前に突き出して、射精まで貪る。

彼女は何度も絶頂し、そのたびに背中や熟れた桃尻が大きく波打った。

「はあはあ、はあ……」

互いにあまりに激しい絶頂に、発作が収まったあとも息を激しくしていた。

ずるりと肉棒が摩夜の秘裂から抜け出し、口を開いた膣口から精液が溢れ出した。

「ああ……息が止まるかと思ったよ」

ベッドに腰をおろした摩夜は、うっとりとした表情でつぶやいた。

少し潤んだ瞳と濡れた唇。美熟女のムンムンする色香に悠人は目が釘付けだ。

「たくさん出したね。どうしようか。薬飲むのはやめて、あんたの子供を産んでみるかな」

汗ばんだ顔を下に向けた摩夜は、手のひらで自分の下腹部をそっと撫でた。

「えっ」

最初にあとから飲む避妊薬があるから、気にせず中出ししろと言われていた。

それを飲まずに悠人の子供を妊娠するというのか。

「なにが、えっ、だい。男なら責任とりますくらいのこと言ってみな」

驚いて固まる悠人に腹が立ったのか、摩夜は肉棒に向かって平手打ちしてきた。

「いっ、痛てええええ」

摩夜の手はだらりとなっているが、肉棒をはたいただけでなく、そのうしろにある玉袋にまでヒットした。

女には絶対にわからない激痛に、悠人は股間を押さえてうずくまった。

「ごはん、食べるでしょ」

最後の一人である汐里が指定した場所は、いつもの彼女の自宅だった。

汐里にも会社がなくなった日以降会っていない。ドアを開けると玄関で迎えてくれたが、お互いにうまく顔を合わせられなかった。

「美味しそうですね」

悠人が彼女の顔を見られないのは、摩夜と早貴とも関係があると知られてから一度もちゃんと話していないからだ。

仲のいい妹にさえもライバル意識を見せた汐里が怒っていないはずはないと思っていたからだ。

「あの……汐里さんの分は……」

正直、彼女がこのへんな女同士の戦いに参加しているのも信じられない。

真面目な彼女はふざけるなと言って降りてしまい、もう悠人とは連絡も取らなくなるのではと心配していた。

微妙な顔をしていて考えの読めない汐里が迎え入れてくれたリビングに入ると、いつもの小さなテーブルに一人分の食事だけが用意されていた。

「私はここでいいの」

新聞紙を床に敷いてそこで食べると汐里は言い出した。

「ば、馬鹿なこと言わないでください、それなら僕が床で」

悠人の顔を見ないまま、床で食べようとする汐里を必死で止めた。彼女の分の料理をのせたお皿を強引にテーブルに持ってきた。

「ごめんなさい」

汐里はもじもじとしながら悠人の隣に正座をして座った。

「どうして謝るのですか？　僕はてっきり汐里さんが怒っているのかと……摩夜さんや早貴さんのことを黙っていたので」

自分から話を振るのは勇気がいるが、彼女に謝らせる理由などひとつもない。頭を下げないといけないのは悠人のほうだ。

「それは……でもそんなことより、悠人さんも私のあんな姿を見て嫌いになったでしょう」

切れ長の美しい瞳に涙を浮かべて汐里は悠人を見つめてきた。今日はカットソーに部屋着用のパンツの彼女はスタイルのよさが際立っている。

膝丈のパンツの生地が薄手なので、正座で座っていると太腿やお尻の形がくっきりと浮かんで艶《なま》めかしいが、いまはそんなこと気にしている場合ではない。

よく見ると彼女の目尻には泣いたようなあとがあった。

「あんなヤクザみないな人たちとやり合っている姿を見て、引いたでしょ。悠人さん」

顔を横に背けたまま汐里はボソボソとつぶやいた。

悠人は汐里が怒っているとばかり考えていたが、汐里の思いはまったく違っていたようだ。

「そんな、嬉しかったです。僕なんかのためにあんなに一生懸命になってくれて」

弁護士としての仕事でもないのに悠人のためにオーナーや社長と渡り合ってくれた汐里には、感謝の言葉もないくらいだ。

それで彼女から距離を取ろうなどいう思いなどあるはずもない。

「汐里さんっ」

悠人はもう自分の心を抑えきれずに、目の前の汐里を抱き寄せて唇を重ねた。

「悠人さん、んん、んん、んんん」

正座の膝が崩れて横座りになった彼女の唇を強く吸ったあと、舌を絡ませていく。

汐里は身じろぎひとつせずに、粘っこいディープキスを受けとめている。

「んく、んんん、んん」

目を閉じてすべてを預けている彼女がたまらなく愛おしい。悠人は激しく舌を吸いながら、汐里のカットソーを脱がしていった。

「ん、んんん」

驚いたように目を見開いた汐里だったが、そのまま身体の力を抜き、されるがままになる。

悠人は袖から腕を抜いて彼女の首のところまでカットソーをまくりあげたあと、口は離さないまま、中から現れた白の生地にピンクの刺繍《ししゅう》がされたブラジャーをずらした。

「ん……」

アンダーとトップの落差が激しすぎるので、海外製でないとサイズがないと言っていたブラジャーが上に持ちあがり、Hカップの巨乳がこぼれ落ちた。

静脈が浮かんだ重量感のある肉房が二度三度と上下に弾んだ。

「んん、んんん、ぷはっ、あっ、悠人さん、ああ、だめ」

悠人の手が乳房に伸び、乳首を爪先が擦ると汐里は慌てて唇を離して声をあげた。

その隙にブラジャーもカットソーも彼女の頭から抜き取り、再びキスをする。

「んん、んく、ふぐ、んんんん」

乳房をかなり大きく揉みしだき、両方の乳頭を指で摘まんでこね回す。

悠人に舌を吸われながら汐里は少し苦しげに鼻を鳴らす。下半身のパンツだけになった身体がくねるのがなんとも淫靡だ。

「んん、あっ、ああ、悠人さん、ああん、そんな風に」

二度目のキスが終わると汐里は大きく喘ぎ、背中を小さく引き攣らせた。

一気に瞳が蕩けているが、情が少し不安げなのがまた可愛らしい。弁護士として強く主張する姿とは、まさに別の人間のようだ。

「汐里さん、すごくエッチです」

悠人は暴走気味に汐里のパンツも脱がせていく。ブラジャーと同じく白地にピンクの刺繍がされたパンティだけの姿になった。

「あ……や……ああ……」

汐里はパンティだけとなった身体をよじらせて強く恥じらう。そのとき彼女の揺れる腰がテーブルにあたって皿が音を立てた。

「冷めちゃう……お料理」

細身の身体の前で巨大な二つの乳房を揺らす汐里が、少し切ない目で自分が作った料理を見た。

「そうですね、食べましょう」

つい勢いのままに汐里に襲いかかったが、せっかく作ってくれた料理を台無しにするわけにはいかない。

悠人はテーブルのほうに身体を向け、同時に汐里の腰を自分のほうに抱き寄せた。

「えっ、悠人さん、なにを」

二人の腰と腰が密着するような座りかたでテーブルの前に並ぶ。汐里が驚いているのは服を着る前に悠人がそうしたからだ。

「このまま食べましょう、汐里さん」

「そ、そんなあ」

彼女はいまパンティ一枚の格好だ。もちろん巨大なHカップのバストも完全に晒され、ピンク色も乳首も見せつけている。

そんな恥ずかしい姿のままで食べようと言われて、汐里は一瞬で耳まで真っ赤になった。

「せっかく汐里さんの身体が見られたのに隠されるのはいやですよ」

悠人は自分のすぐ横でフルフルと揺れている白い肉房を軽く揉みながら、箸《はし》を手にした。

もちろんだが裸の彼女を見ながら食事をする性癖があるわけではない。異常な状況に恥じらう汐里を見たいだけだ。

「あああ、ひどいわ悠人さん、ああ、恥ずかしくて食べられないよう」

パンティが食い込んだお尻を揺らして汐里は悩ましげに訴えてきた。

ただ文句を言いながらももそもそと食べ始めている。もう背中もお腹も朱に染まっていて、二十九歳の細身の身体から淫靡な匂いが漂っていた。

「美味しいです、汐里さん」

悠人はなるべく普通を装《よそお》って笑顔で箸を進めていく。彼女は明らかに羞恥に性感を燃やしているように思う。

その昂ぶりが悠人にも伝播《でんぱ》し、つい横にある乳房に手を伸ばしてしまった。

「あっ、やだ、だめ、いまは、あっ、あああああん」

乳房を揉み、指が少し乳首に触れただけで汐里は背中をのけぞらせた。

もう全身が恐ろしく鋭敏になっている感じだ。乳輪部がこんもりと盛りあがった乳首の先端も痛々しいくらいに勃起している。

裸で食事をさせられるという行為そのものに、汐里は恥じらい、そして肉体を燃やしているのだ。

「早く食べないと」

行儀は悪いが悠人は片手で食事を摂りながら、もう片方の手で汐里のバストを揉み続け、乳首を責める。

「あっ、あああん、こんなの、ああ、だめえ、あああん」

こちらはもう食事どころではない。もう身体を支えているのも辛くなったのか、悠人にしなだれかかってくる。

彼女の手からぽろりと箸がこぼれ落ちた。

「ごちそうさまでした。こんどは汐里さんをいただきます」

まだ半分も食べ終わっていないような状況だが、これ以上彼女を虐《いじ》めるのも申し訳なく思い、悠人はテーブルに自分の箸と汐里の箸を置いた。

そしてパンティだけの華奢な身体を、床に敷かれている絨毯の上に押し倒していく。

「ああ、悠人さん、ああ……」

汐里は切なそうな顔で指を噛む。日頃は強気な彼女のこういう仕草がまた男心をくすぐる。

悠人は最後の一枚である白のパンティに手をかけ、一気に脱がせていった。

「すごくいやらしい匂いがします」

「いや、言わないでぇ」

パンティが去った汐里の下半身を割り開き、漆黒の陰毛に覆われた下半身を覗き込むと、すでに媚肉は口を開き大量の愛液に溢れかえっていた。

「あああっ、いやいや、見ないでぇ」

汐里は頭を何度も横に振って喘いでいる。ただ最初にここで彼女を抱いたときは股間を見られ顔を両手で覆っていた。

だがいまは恥じらいながらも顔は隠さないし、両脚も力が抜けているだけでなく、徐々に開いている。

どんどん彼女は悠人の前で欲情した牝の姿を剝き出しにしているのだ。

「僕ももうたまりません」

秘裂はかなり開いているので、そのまま挿入しても問題なさそうだ。

悠人は服を素早く脱ぎ捨て自分も全裸になる。股間のモノは当然のようにギンギンに勃起していた。

「あっ、悠人さん、あああ、ああ、あああああん」

悠人は仰向けの汐里に覆いかぶさると亀頭を愛液にまみれている膣口にあてがい、ゆっくりと押し出していく。

汐里は苦しむ様子もなく見事な反応を見せ、Hカップの巨乳を弾ませてのけぞった。

「あああっ、悠人さんのが入ってきてる、ああん、熱い」

ひとつになれるという悦びに震えているのか、汐里は切れ長の瞳を潤ませながら、悠人の腕をしがみつくように握ってきた。

悠人もまた彼女に対する愛しい気持ちを爆発させるように、肉棒を押し込んだ。

「あっ、あああ、奥、はあああん、すごいい、あああ」

白い歯を見せて汐里はリビングに甘い絶叫を響かせる。亀頭が膣奥を捉えるのと同時に細身の身体がビクッと引き攣った。

「汐里さん、たくさん感じてください」

彼女のしなやかな脚を抱えながら上半身を起こした悠人は、小さく腰を使って怒張を振りたてる。

もう気持ちが昂ぶりすぎて暴走気味だが、そんな中でも彼女の感じるポイントである膣奥を小刻みに突いた。

「ああっ、そんなの、あああ、恥ずかしいよう、ああ、悠人さん、だめえ、ああん」

絨毯に横たわった細身の身体が前後に揺れ、ワンテンポ遅れて巨大な二つの膨らみが波を打って揺れる。

彼女は恥じらいながらも、どんどん快感に溺れていっている。

「ああ、汐里さんの中、すごく気持ちいいです、僕のチ×チン愛してくれてます」

亀頭が擦りつけられている部分は彼女の敏感な性感帯であるのと同時に、カズノコ状の膣壁になっている場所だ。

そこに亀頭のエラが擦れると腰が震えるくらいの快感が突き抜け、ついピストンが速くなってしまう。

「あああん、恥ずかしい、あああ、そんなの言わないで、ああ、私、あああん」

大きく唇を開きながらも汐里は強い羞恥に全身を染めている。ただその恥じらいがさらなる昂ぶりに繋がっているようで、媚肉の締めつけも強くなっていた。

「ああ、だってほんとにいいんです。汐里さんは気持ちよくないのですか？　僕のチ×チンは」

そんな言葉をかけながら悠人はさらに腰のスピードをあげていく。突くだけでなく回転運動も加えて、濡れた膣奥をこね回した。

わざと淫語を使ったのは、真面目な彼女の反応を見たかったからだ。

「あああ、そんな、あああ、激しい、ああん、すごいい、ああ、あああ」

今日は解いている黒髪を振り乱して汐里はひたすらによがり泣く。もう弁護士の面影は消えて、ただ肉欲を貪っている表情だ。

（この表情がいい）

快感と羞恥の狭間《はざま》で悶え泣く汐里は妖しく魅力的だ。ずっと恥じらいを持ち続ける彼女の淫らな本性をあばくことに、悠人は牡の欲情を刺激されるのだ。

「あっ、はあああん、あああん、悠人さあああん、ああ、あああ」

華奢な上体でHカップの柔乳を千切れんばかりに踊らせながら、汐里は耐えかねたように唇を開いた。

「あああん、気持ちいい、あああん、汐里、たまらない、あああ、はあああん」

タガがはずれたように汐里は快感を叫びながら、絨毯を両手で摑んで悶え続ける。

少し意識が飛んでいるような様子で、目線も定まっていない。自我の崩壊すら始めた美人弁護士に、悠人の感情もさらに燃えあがっていった。

「もっと感じるんです。汐里さん」

悠人は汐里の大きく開いている細い両脚を同時に持ちあげ、真ん中で束ねるようにして抱えた。

左右の脚を合わせて天井に向かってまっすぐに伸ばした体勢の汐里の股間に向かって、自分の腰を打ちつけるようにピストンした。

「ひっ、ひあっ、これ、あああん、ああ、だめ、ああ、おかしくなっちゃう」

両脚が悠人の腕で抱えられて固定されているので、汐里の身体はほとんど動かず、ピストンの力が逃げない。

結果、巨大な亀頭が激しく膣奥にぶつかり、汐里は虚ろになって喘ぎ狂う。

「あああ、汐里さんのオマ×コも気持ちいいです、すごく締まってきた、うう」

脚を閉じたことでカズノコ状の媚肉が左右から押し寄せ、悠人のほうも快感が強くなる。

腰から背中まで痺れて呼吸が激しくなる中、悠人は力を振り絞るように怒張を突き続けた。

「あああああん、あああ、いい、私も、ああ、オマ×コいい、あああん、汐里、オマ×コが気持ちよすぎて、あああ、死んじゃうううう、あああ」

もう恥じらいもプライドもかなぐり捨てた女弁護士は、一匹の牝と化している。

赤く染まった巨乳や絶えず震えている伸ばした脚。そして悦楽に蕩けた顔に悠人は魅入られ、本能のままに腰を振った。

「ああああ、イク、あああ、汐里、あああん、悠人さんのおチ×チンでイッちゃう」

最後に一度だけ濡れた瞳を悠人に向けたあと、汐里は大きく背中をのけぞらせた。

「イッてください、おおおおお」

とどめと、悠人は彼女の白い脚を強く抱きしめ、力の限りにピストンを繰り返した。

「はあああん、イクうううううう」

仰向けの身体の上で巨乳を千切れんがばかりに弾ませた汐里は、絶頂の雄叫びをあげた。

「ひああ、はあああん、はうう、あああ、あああ」

そしていままで見せたこともないような、よがり顔を晒し、言葉にならない激しい喘ぎを何度も繰り返す。

細身の身体全体をビクビクと引き攣らせ、絶頂の発作に翻弄され続ける。

「汐里さん、僕もくうう、ああ、イク」

おかしくなったのではと心配になるくらいの痙攣を見せる汐里の膣奥に向かって、悠人は精子を迸らせた。

カズノコ状の媚肉に亀頭を擦りつける快感の中で、怒張を暴発させる。

「はああああん、あああ、熱い、ああああん、あああ」

何度も精液が彼女の奥に発射され膣内を満たしていく。汐里は心ここにあらずな表情のまま、何度も絶頂によがり狂う。

白い背中が断続的に弓なりになり、巨大な乳房がいびつに形を変え続けていた。

「はあ、はあ、はああ」

あまりに強烈な快感に悠人は射精が終わっても頭があげられない。まだ腰がジンジン痺れている。

それでもなんとか自分を保ち、抱いていた汐里の両脚を下ろした。

「あっ、いやっ、あ、ああ、あん」

絨毯の上に身体を投げ出した汐里は、脚を閉じる力もないのか、肉棒の形が残っているように口を開いた秘裂から白い精液を垂れ流して呆然としている。

絶頂の余韻が湧きあがるのか、時折、下腹部や脚が引き攣って、切なそうな喘ぎ声があがった。

「すいません、やりすぎました、汐里さん」

悠人は彼女に覆いかぶさって汗に濡れている頬を撫でた。

追いつめるほどに妖しいほど扇情的になる汐里に、悠人は狂おしいくらいに興奮し、自分のすべてをぶつけてしまった。

「やだ、言わないで。私もなんて恥ずかしい声を……」

こちらも冷静になると急に羞恥がこみあげてきたのか、慌てて顔を横に伏せた。

頬がピンクに染まり額には汗が浮かんだ汐里が、泣きそうな瞳になっているのがまた愛おしかった。

「汐里さん、僕は……」

あなた以外を選ぶつもりはありませんと、悠人は彼女の耳に唇を近づけて言おうとする。

だがそれに気がついた汐里は人差し指で悠人の唇を塞いだ。

「だめ、悠人さんのこと好きすぎて……独り占めしたら私、お仕事出来なくなっちゃうもの」

「えっ」

摩夜や早貴と関係を持ったと知ったさいに、なんとも怖い表情をしていた汐里が口にした意外な言葉に、悠人は面食らった。

「いいの、いまは悠人さんが私のことを一番だと思ってくれているだけで嬉しい。それに……」

横たわる汐里の目線が悠人の股間のほうに向けられた。

「悠人さんのがすごすぎて、毎日、してたりしたら私、身体がもたないかも」

はにかんだように笑って汐里は言った。その笑顔がなんとも眩《まぶ》しくて悠人はそれ以上なにも言えなかった。

「確かに聞いたよ、いまの言葉」

そのとき急にリビングと廊下の間にあるドアが開いて、摩夜が現れた。

「きゃあああ」

汐里は悲鳴をあげて飛び起き、身体を小さく丸めている。

「ど、どうして、ここに」

ドレス姿の摩夜が仁王立ちし、その足元に早貴と萌美がしゃがんでいる。女たち全員がそろい踏みだ。

「どうしてって、私お姉ちゃんのところのカギ持ってるし」

普段着姿の萌美がカギをブラブラさせて笑った。

「言質《げんち》はとったよ。ふふ、悠人のチ×チンはまだしばらく四人で共有ってことでいいんだね」

どうやら三人で覗きに来ていたようだ。摩夜はそのことを悪びれる様子もなく、汐里に向かって言い放った。

「いいです、それでいいから、出て行って。見ないで」

体育座りになっている汐里は、行為を覗かれていただけでなく、絶頂後の自分を見られているのが恥ずかしいのだろう、大声で叫んだ。

「決まりですね。ふふふ、まあアレは確かに捨てがたいですしね」

摩夜にそう語りかけながら早貴が舌なめずりをした。悠人からどれだけ精を搾り取るつもりなのだろうか、ぞっとして思わず股間を両手で隠した。

「じゃあ、私、いちばん最初。お姉ちゃんベッド借りるね」

この四人の中ではもっとも性に大胆な萌美が、大きな瞳を輝かせてリビングに飛び込んできた。

彼女は悠人に駆け寄りながら、もう着ているパーカーを脱ぎ捨て上半身ブラジャー姿になった。

「きょ、今日はだめ、悠人さんは私と」

「さっきいいって言ったじゃん」

慌てて身体を起こした汐里が悠人の前に膝立ちになって立ち塞がった。

Hカップの巨乳をブルブルと弾ませながら汐里は妹を押し返そうとし、萌美も負けじとやり返す。

(しばらくこれが続くのか……身体持つかな、でも)

性欲も旺盛な四人を相手にし続けるのは不安だが、自分のために力を尽くしてくれた彼女たちへの恩返しがそれで出来るのならと、悠人は股間にある肉棒を奮《ふる》い立たせる決意をするのだった。

（了）

※本作品はフィクションです。作品内に登場する
団体、人物、地域等は実在のものとは関係ありません。

淫《みだ》らお姐《ねえ》さんの誘《いざな》い

〈書き下ろし長編官能小説〉

2022年4月18日初版第一刷発行

著者……………………………………………… 美野 晶

デザイン………………………………………小林厚二

発行人…………………………………………後藤明信

発行所……………………………………株式会社竹書房

〒102-0075 東京都千代田区三番町8-1

三番町東急ビル6F

email：info@takeshobo.co.jp

竹書房ホームページ　http://www.takeshobo.co.jp

印刷所……………………………中央精版印刷株式会社

■定価はカバーに表示してあります。

■落丁・乱丁があった場合は、furyo@takeshobo.co.jp までメールにてお問い合わせください。

竹書房ラブロマン文庫　近刊目録

※価格はすべて税込です。

好評既刊

長編官能小説
ゆうわく未亡人横町
庵乃音人　著

小料理屋の艶めく未亡人と和菓子屋の愛らしい未亡人…空閨の美女二人の間で揺れ動く男を描いた蜜惑エロス！

770円

長編官能小説〈新装版〉
なまめき女上司
八神淳一　著

才媛の女上司は筆おろしから肉接待までこなす淫らビジネス美女…！　俊英が描くサラリーマン官能の金字塔！

770円

長編官能小説
リモート人妻の誘惑
九坂久太郎　著

パソコンを通じて夫と会う人妻を画面外から愛撫する背徳の悦び…！　現代エロスを追求した新たな誘惑ロマン。

770円

長編官能小説
誘惑の種付け団地
葉原　鉄　著

失業した童貞青年はふとしたきっかけで訳あり団地妻たちから種付けをせがまれて!?　気鋭の団地ハーレム長編！

770円

好評既刊

長編官能小説
ふたたびの熟れ肉
鷹澤フブキ　著

不本意な終わりを迎えた元彼女たちと再会した時、欲情の火は燃え上がる…鬼才の描く快楽のリテイクロマン！

770円

長編官能小説
絶対やれる健康診断
杜山のずく　著

夫婦の倦怠期に悩む男は、美人女医の勧めで性欲を取り戻す特別な健康診断を受ける…！　白衣ハーレムロマン！

770円

長編官能小説
湯けむり商店街
美野　晶　著

さびれた商店街に住む青年の土地で温泉が湧き、彼の周辺には淫らな女たちが集うように…。温もり誘惑ロマン！

770円

長編官能小説〈新装版〉
囚われた女捜査官
甲斐冬馬　著

気高く美しい女捜査官コンビを待ち受ける快楽地獄の罠！　想像を超える責め苦に女肌が悶え喘ぐ圧巻凌辱エロス。

770円

長編官能小説
発情温泉の兄嫁
北條拓人　著

憧れの兄嫁と旅行中、青年は美人若女将や奔放な女客に誘惑され、兄嫁とも一線を超える…。混浴の快楽ロマン。

770円